笨男孩

鲁引弓　著

浙江大学出版社
ZHEJIANG UNIVERSITY PRESS

图书在版编目（CIP）数据

笨男孩 / 鲁引弓著. —杭州：浙江大学出版社，2015.8

ISBN 978-7-308-14863-4

Ⅰ.①笨… Ⅱ.①鲁… Ⅲ.①长篇小说-中国-当代 Ⅳ.①I247.5

中国版本图书馆 CIP 数据核字（2015）第 157076 号

笨男孩

鲁引弓　著

策　　划	陈丽霞　谢　焕
责任编辑	谢　焕
责任校对	於国娟　杨利军
出版发行	浙江大学出版社
	（杭州市天目山路 148 号　邮政编码 310007）
	（网址：http://www.zjupress.com）
排　　版	浙江时代出版服务有限公司
印　　刷	浙江印刷集团有限公司
开　　本	700mm×960mm　1/16
印　　张	12.25
字　　数	137千
版 印 次	2015年8月第1版　2015年8月第1次印刷
书　　号	ISBN 978-7-308-14863-4
定　　价	28.00元

目录

笨男孩

一、隔壁

"你可能还不知道吧，我是把现在当作这辈子最苦的阶段，这样的苦都吃得了，以后还有什么苦吃不了的？"

1990年我大学毕业，被分配到了珠三角D镇。在D镇，我最初的工作是宣传计划生育，所以那年秋天我常在田埂上飞跑，追逐村里的一些男女。我对着他们喊，生男生女一个样。

　　每天黄昏，我一身汗水回到镇上的招待所。我趴在床上，有一搭没一搭地看电视剧《渴望》。那一年温婉女性刘慧芳成了中国男人的渴望。每当电视上哭啼没完的时候，我就下楼去小街上逛游。有一条小狗跟着我。我不知它从哪里来。有一个小姑娘坐在街边擦皮鞋。有一天我坐在她的面前让她擦鞋时，她告诉我她来自温州，十七岁，1987年就出来做了，准备明年回老家。她说她们姐妹仨这几年靠擦鞋攒了点钱，想回家开个开关作坊。我逗她，说不定等你家厂办好了，哪天我去打工。那小姑娘"哧哧"地笑着说，哪会呢，我怎么可能发财啊。

　　在异乡昏黄的路灯下，我从街的这头走到那头，1990年秋天D镇的夜晚还能看到满天星光。远处田野里传来打桩的声音，在南方的夜晚，一幢幢厂房在争相破土，用不了多久，香港的老板和北方的打工妹都将接踵而至，这是三角洲众多乡镇奔往的前途。

有些晚上我会去招待所隔壁的娱乐厅，打台球或看录像。录像放到半夜，老板老浦把门一关，接着放"咸片"，那些从香港、日本过来的毛片，在潮气冲天的狭小空间里掀起的风暴，把人彻底震了。我身陷在破旧的沙发里，喉咙发干，黑暗中我清晰地听到了一屋子人心跳的声音，"怦怦怦"，这一辈子我就是在那些个夜晚，这么清楚地听到了集体心跳的声音。那么多人在黑暗中"怦怦"地心跳，很壮观，也很荒诞。

有一天我出了录像厅，那个老浦追出来，一迭声地说，对不起，真的对不起，我错了。

我奇怪地回头，看着他站在路灯下尴尬地认错。我突然就明白了，他以为我是镇里派来卧底的。这让我尴尬。所以，接下来的晚上，我只好意思在那儿玩台球。

有一天，我在那儿看到一个女人在独自练球。她穿着黑色的衣裙，高挑，好看，有一点冷冷的风骚。当她拿着球杆俯下身去瞄球的时候，黑色的长发就落在桌上。"啪"——她把球击打出去，声势利落。那天，我在经过她的那张台子的时候，鬼使神差地说了一句：自己和自己玩，到底偏向谁啊？

她看都没看我。但我听到了她的声音，"我谁也不偏向"。她醇厚而略沙哑的普通话证实了我的猜测，她不是这镇上的人。

后来连着几天，我都在那里看到她一个人在玩。接下来，我吃惊地发现她也住进了那家招待所，在我的隔壁包下了一间房。

我在楼下服务台打电话的时候，顺便问服务员赵姨，那女人哪来的？

赵姨说，厂长，是旅游鞋厂的厂长。

我说，难怪像个女强人。

赵姨撇嘴说，又不是她的厂，是台湾人开的。她原先住厂里的，这几天搬到这儿来了。

接下来，我常在走廊上看到她。有时即使走廊上没她的人影，我也知道她就在屋里，因为有香水路过的痕迹。

她爱穿黑色、红色的衣裙。每当她在前面走的时候，我注意到她的好身材总是扭啊扭啊。有一天，我看见她偷偷地在走廊那头的露台上抽烟。她抽烟的样子，像老电影里的女特务。

我与她迎面而遇时，总是朝她点头，但多半时间，她视我若空气。

她的到来，让招待所枯燥的生活里飘进了点不同的气息，我说不清那是什么味道。但很快，我发现她和我在抢楼下服务台的电话机。

那几个月，被分配在祖国各地的我的同学们都正在度过各自的适应期，所以他们总是打电话过来聊天。有一天傍晚我下楼到服务台等一个老同学的电话，我看见她正抱着电话机在没完没了地说话。我等了好久，也没见她要挂了的意思。那天她起码打了四十分钟，她对电话那头的女友说的好像尽是感情方面的事。我吃惊地看着，发觉她的眉目有林青霞的影子。她终于把电话挂断时，还顺便白了我一眼，她的眼圈夸张地红着。我那天本来就等得挺烦，所以就对她说，许多事是电话里说不清的，人家也在等着打电话呢。她说，你偷听！有什么好偷听的！

她牛叉的样子，让我想惹她生气。我说，女人的破事有什么好听的。

我现在已经记不太清楚那天争执的具体细节了，我只记得我指着她说，你这个人一定很自恋。

她像被点中了穴位。她收住了往楼梯上去的脚步。

她回过头来，嘴边掠过一丝讥笑，她说，有没搞错啊，小男孩，我自恋吗？我还以为我自残呢。

我说，你讲了四十分钟的话，用得最多的字是"我、我、我、我"，可见你就是自恋……

她居高临下地瞟了我一眼，"扑哧"笑了一声。她甩了甩披肩的长发，仪态万方地上了楼。

厂长应虹和我就是这样认识的。

后来应虹对我说，其实那天晚上她没睡好，因为那是她第一次听到"自恋"这个词在口语中的使用，而且她实在不明白，自己走到这一步心里难受是因为不会疼自己，还是太疼自己了。

事实上那一夜我也没睡着。我和她吵了几句后，感觉灭了点她的神气活现，就有些兴奋。

电视里海湾战争在开打。空气中有辣椒炒肉的味道。我不停地打喷嚏。我知道隔壁那个女人又在用电炉煮东西了。喷嚏中，我看着电视里巴格达上空那烟花般划过的战斧式巡航导弹，我想着隔壁的那个女人在热辣油烟里忙碌的模样。

辣气四溢。我猜她是四川人。其实，自从上次我骂她"自恋"以后，我们已算相识了。有时见她衣装漂亮逶迤而来，我会用广东话叫一声"哇，几靓啊"。她仰起脸，给一个赞许的笑意和看透了人的眼锋。更多的时候她对我爱理不理。当然，有时晚上她会过来我这边讨开水，因为她懒得下楼打水。

她和我隔墙而居，但我知道她在隔壁的动静，这木板墙的隔拦效果不是太好，所以，不是锅里的气息穿墙而过，就是声音飘过来。有时她在哼歌，有时她在叹气，有时她在放歌带——"让生命去等候，等候下一个漂流……"更多的时候，我还听到了弹古筝的声音，是《浏阳河》，"浏阳河弯过了几道弯，几十里水路到湘江……"那旋律没被弹完整过，往往刚起了个头，就没声音了。

有一天，我甚至听见她在隔壁自己对自己说话。她大声说，"听着，人需要能沐浴阳光的感情"。我不知道她是在朗诵，还是在和想象中的谁辩论。我想，妈的，难道她也是个诗人？

结果，第二天我在楼下看见她拎着只"大哥大"。原来她买"大哥大"了，难怪啊，我还以为她这阵子喜欢上自言自语了。

我挺高兴，这下她再也不会和我抢服务台的电话机了。

于是我冲着她说，哟，应厂长，"大哥大"嘛。

她笑着把它递给我看。我问多少钱。她说，两万。哇噢，我叫了声。她居然脸红了，说，工作需要嘛。

我把这砖头一样的东西转过来翻过去地看了一会，说，牛，"大哥大"，以后咱就管你叫"大姐大"吧。

她给了我一个媚眼，说，哟，什么"大姐大"，你得叫我应姐。

我说，我还以为所有的女人都喜欢别人称她妹呢。

为什么？

这样才感觉被哄着呀。

她斜睨着我说，去，小毛孩，我可没那么好哄。

然后她推门出了招待所。小镇街头的风吹起她火红风衣的下摆，从这里望过去，风姿绰约。她突然回头，伸手向玻璃门内的我做了个手枪点击的动作。她知道自己好看。

应虹说她比我大。但她不告诉我她比我大几岁。她也没告诉我她是哪儿人。她说，去猜吧，没错，辣椒烟呛着你啦。但她不肯说她到底来自四川、湖南、贵州，还是江西。她更没告诉我她原来干啥，从哪个学校毕业。

所以我就更不知道她结过婚吗，有男友吗，有人靠吗。

有一天，我在房间里看海湾战争的电视新闻。她突然进来，对我说，你不能轻声点吗？

我回头说，不好意思，吵到你了。我兴奋地指着那些如流星而过的导弹，对她说，快看，打仗的镜头多好玩啊，要知道，这可不是电影。

她一撇嘴，说，管那些闲事干吗？

我没理她。而她却奇怪地看着我叹了一口气，说，我就奇怪了，你待在这儿干吗？你待在这个小破镇干吗？

我说，你不也待在这儿吗？我说，像你这样的美女应该去大城市，大城市。

她笑。她说，是我在问你呢。

我告诉她，我嘛，就先在这地方待一阵吧，因为待在哪儿可能都一样，我原以为我能改变，但这是不可能的，打个响指，做个新人，换个活法，这是不可能的，所以我就在这儿待一阵先吧。

她拼命笑啊。我想有什么好笑的。

她说，我还真改变了，我折腾了，我的档案如今都不知搞到哪儿去了。

她看出了我的好奇，立马住嘴。她让我别问那么多，她可不想管别人的事，她只想管自己的事，"你没受过苦，管自己吧"，她居高临下对我说，她竟然伸手"啪嗒"关了我的电视机。她说，管自己吧，人家的事甭管，管了也没用，所以我不管了。

她说，我要睡觉了，那么远在天边的事别管了。她扭着出去了。

她玄乎着呢。服务台的赵姨说我们得装傻。赵姨认为我太纯啦，她说，看不懂了吧，别说是你啦，连我这女的也越来越看不懂现在的有些女人了。

有一天傍晚，一辆小汽车停在了招待所的院子里，我看见应虹和一个健壮、平头的矮个中年男人从车里出来，走上楼来。

我听到他们在隔壁说话，一会儿低语一会儿叫嚷。后来他们好像开始亲密了，因为她在说"轻点轻点，隔壁有人哪"，但我还是听到了接吻的声音。我把耳朵贴在木板墙上。那边的男人突然叫了一声，"你咬痛我了"……听着听着，我就不太明白他们是在温存还是在打架还是在论理，"噼里啪啦"的，应虹好像把什么东西砸在地上了，我还听到了隐约的啜泣。我还以为像她这样的女人是永远不会哭的。在我分神的这会儿，隔壁的声音渐渐平静下去。我不知他们在嘀咕什么。我站了许久，夜色已挂在窗上。他们终于又开始亲嘴了。那男的"嗯嗯嗯"地，像在哄她。我听到她似笑似喘的呜咽。我终于听到了他们的喘息。我狠狠地想着她走在路上那扭着的风骚屁股，我想着他们此刻正在床上扭动。那男人突然又叫了一声，他说，你咬我。我恨你。我听到她压抑着的嗓音。后来他们又安静了下去。留下我在漆黑的这一边，被欲念席卷，随后，带着满脑子的混乱兴奋睡去。

第二天早晨我匆匆洗完衣裤，去露台晾晒。那湿淋淋的内衣裤晾在晨光里，像一个可笑的秘密。我迅速转身，准备赶去上班。没想到看见她正站在露台的那一头偷偷抽烟。我有些慌乱。但她若无其事地向我点了下头，她说，很勤快嘛。

她仰脸一笑，那惯有的锐利眼锋像鞭子一般抽了我一下，仿佛洞悉了我昨晚偷听的全部可耻。这让我莫名犯倔，想刺她一下，于是我说，那是你的男朋友？她脸红了。我压低嗓门说，你怎么找了这么一个男朋友。

她像被针刺了一下，像要跳起来。她说，你管得着吗？

我没理她，我快速地走开。我已经够了。我觉得我狠刺了她。她乱了神的样子让我既兴奋又心软。我现在知道了她的软肋。

我遏制不住地想着那些声音，心里有莫名的情绪和欲望。那天下午，我在镇工商办找到了那家旅游鞋厂的登记材料，材料上老板的照片，果然就是那个男人，五十六岁，姓苏，台湾人，已婚。

我想，我果然刺中了她。

那个老苏，那些天的夜晚都会出现在她的房间。于是我隔壁总是翻江倒海。我听见她在闹，在哭，在喘气，在论理。我想象着那丰腴的身体因为她的伤心陷在低调中，在好事之后，快乐之后，每一寸身体也许都是谈判的战场。我不知他们怎么了。我想她活该。我知道她不开心，这样的故事三角洲遍地都是。我想他们活该。我听见他压着嗓子说，别闹，你总是闹，我到这儿来不是为了心烦。她说，这儿是你的厕所间。他说，你到底想要我怎么样？

我听到了他人的秘密和悲哀。我坐在床上发愣。我想象着一墙之隔的他们。黑暗中，她在说"你给我买辆车"，她说"你带我走吧"。那男的像在她身上奋力冲击，像报复她的固执和不好对待，但嘴里支支吾吾。她好像总爱咬他，咬得他忍不住叫喊。有一天，我听见他好像在给她钱。因为她说，这是我的工钱，还是他妈的陪你睡的钱，你真的他妈的精明。他说，你要盘算得这么清楚，只有自寻烦恼去吧。后来就是打成一片的声音。她呻吟的时候我恨她想她。她哭泣的时候又让我难受。那些夜晚让我晕眩。

第二天，我在楼梯上遇到她，我看到了她眼角的乌青。她意识到了我的视线，她说，不小心在厂里跌了一跤。

我突然觉得她很可怜。我指着她的新裙子想逗她开心，"儿靓啊"。她说，你怎么只会说这个词？你以后哄女朋友这样可不行。

她扭啊扭啊地在前面走，那么难受了还风情成这样。我想，妈的，她天生可能就喜欢当个玩物。

服务台的赵姨悄悄问我，那个男的是不是通宵未走？

我想这她最知道。

赵姨自言自语，我该不该去查结婚证？

我想这她最知道。那时所有的招待所、宾馆都有这规矩。

赵姨嘀咕，我该怎么对她讲呢？我是要面子的，所以不知道该怎么去查她。

我说，那你就装作不知道吧，省得多事。

有一天，我听到应姐在隔壁大叫，然后来敲我的门。她说，我的房间里有老鼠。

你怕老鼠？

我最怕老鼠，多恶心啊。

于是，我跟着她走进了她的房间。

你的男朋友呢？

他回台湾去了。

他是你的男朋友吗？

她没理我。我弯下腰，把扫帚往床下捅。我拖出了一双男拖鞋。后来那只老鼠尖叫着窜了出来，把她吓得花容失色。我把它赶出了门外，然后慌忙把门合上，回头对惊魂未定的她说，注意关门，别再让它进来了。

她拉住我的衣服让我别走，她指着床下说，你再帮我看看，还有没有？

我说，我还以为你胆子很大呢。她说，我最怕的就是老鼠。我看了一眼那地上的男拖鞋，心里突然变得不依不饶了，我问，他是你的老公吗？

她挑衅地回了我一眼，说，你傻不傻啊？你问这么多干吗？

我告诉你吧，是的。

我说，不是。

她说，那你说是啥！你整天盯着我你傻不傻啊？我烦死了，你傻不傻啊？你总是在注意我，你不无聊吗？她突然拍着门，对我大吼大叫起来。她说，那你说是啥！你说啊你说啊！我说，他不是你的老板吗？

这让她脸涨得通红，她又大力地拍了一下门，她说，对，我老板，付钱给我的老板，你不就想知道这些吗？真恶心。她突然被呛了一下，连续地咳起来，她伏在门背上，她说，你们这些人为什么整天盯着我……她泪如雨下，把我吓坏了。我想夺门而逃，但她趴在门上。我说，对不起，真的对不起。她扭头，泪水在她脸上纵横，她说，你怎么这么坏，你为什么这么恨我？

瞧着她变成了这模样，我一迭声地说"对不起"。她说，你走吧，你太坏了。我落荒而逃。

连着几天我都害怕在走廊上遇到她。我留意着隔壁的动静，听不出太多异样。我的电视机依然喧嚣，海湾那边弹如流星，空袭还在进行。

好在日子一天天过去，我和隔壁的应虹又回到了常态，晚上她照样过来讨开水，像什么也没发生过。是啊，本来就是各不相干的人，惹别人难过干吗？于是在心里我觉得欠了她。转眼就到了春节。我嫌回家转车麻烦，也怕家人对我没眉目的生活问长问短，所以没有回家。

我在空空荡荡的招待所里进出。我闻到了走廊上红烧肉的香味。我打了一个喷嚏。我看见她把门打开探出头来看了一下。我说，好香。她笑道，待会儿一块吃吧。我说，你怎么没回家？她说，厂里也不能没有人啊。

我走进了她的房间。我说，你烧了点啥？她把电炉上的锅盖掀开，用筷子夹了块肉，说，不知煮烂了没有。她把它举到我的嘴边，说，你尝尝。我烫得龇牙咧嘴，说，好辣。她笑。我说，我房间里还有一瓶酒和发的一些年货，我去拿来吧。

那天我们忙了一个下午。做饭，包饺子，做着做着就有些过年的感觉了。她说，好啦，好啦，吃吧。我们面对面坐着。我说，好吃，但好辣。她说，你喝点酒。我说我不太会，你行吗？她拿起杯子喝了一大口。

你酒量真好。

还行吧。

接着我们不知该聊些啥了。她瞅着我说，酒也不会喝，大男孩，你得叫我应姐。我说，一个下午我已经叫了多少声了，你没听见吗？罚酒。她捂了下脸说，好热，我喝酒上脸的。我瞧着她潮红的脸色，夸她"几靓啊"。她说，你夸女孩子怎么只会用这个词，你知道吗，广东话里的"几靓"只是说她长得还可以，并不是非常高的评价。

我立马改正。其实自从她上回嘲笑过我之后，我已收罗了一堆，于是我对她大声说，"好靓"、"好正"、"好索"……够用了吧。

她放声大笑。她捂着自己酒红的脸问我，那你觉得我靓唔靓？

我说，鬼（咁）靓，靓爆镜，好灿眼……

她笑伏在桌上，直说我嘴好甜，直说这个年三十好好笑。后来她犀利地盯了我一眼，说，你整天盯着我，我不知道是因为我靓呢还是因为你恨我。

我觉得脸上很热，慌忙转移话题。我说，天哪，我咬了个辣椒，辣死了。她"咯咯"笑着起身去倒水。她说，辣死你，我算是报了仇，谁叫你经常愣头愣脑、口无遮拦的，你若是这样子，恐怕将来是找不到女朋友的。

她这话刺了我一下，我笑道，我不找女朋友了，反正找到最后都是心烦。她说，切，那是因为她们比你强吧。

那天我喝多了，有点头晕，但是我不想回自己的房间，所以迟迟没起身。她没有赶我的意思，也可能是怕除夕的寂寞。我把脸贴在桌面上。她后来也把脸贴在了桌面上。我们的眼角边，好像都有一双相似的眼睛在看着对方。她说，咱再聊点什么。我说，就聊聊我们现在的苦吧。

她叫起来，切，你觉得我很苦吗？我说，苦不苦你知道。她说，切，难道你不苦吗？我有钱，最近还有了辆小轿车，以后在深圳还会有房子，你有吗？我怎么苦了？你有吗？

我说，我没有。

她说，姐有，你说我怎么就苦了？

她用挑衅的眼锋瞅着我。她说，我知道别人怎么看我。接着她笑起来，说，其实像你这样在单位上一辈子的班，最后也就一个房子一个煤气罐，最多十年后还有辆车，这些我现在就有了，这些也是我自己努力的，我也付出了，你说我怎么就苦了，你怎么就不苦了？

我无语。

而她可没想放过我对她的挑衅，她挪过来凑近我的耳畔：

"你可能还不知道吧，我是把现在当作这辈子最苦的阶段，这样的苦都吃得了，以后还有什么苦吃不了的？"

我知道她的意思，她是说把"现在"当作过程，那什么都想得通了。

她好像很得意，因为她有自己的一套。当一个人有自己的一套并且还甜甜地笑着的时候，甚至会让别人开始羡慕她。有那么一刻，我就差点被她说趴下。我知道说不服她，因为我跟不上她。这让我恨她。真他妈的堕落。她伸手过来，拧了一把我的脸，吓了我一跳。她说，他还要给我在深圳买间房。她酒红的脸笑啊笑啊。

她是那么得意，看得出她是多么厚颜无耻，虽然我知道她至少有一半的轻飘是在骗我，因为我偷听了她和老苏的夜话。所以十分钟以后，当她脸上掉泪的时候，我一点都不吃惊——这时"大哥大"铃声响了，她起身去接听，她对着那"砖头"说，呵，新年好啊。想我了？真的想我了？那你为啥不陪我过年？你躲在卫生间里吧？快出去吧，你老婆要疑神疑鬼了。我怎么就闹了？我没闹啊……我抬头，瞥见她脸上有泪水正划下来。我装作没看见。后来她把"大哥大"揿掉，她坐下来重新把脸贴在冰凉的桌面上。她对我笑啊笑的。我也对她笑。"真烦人，"她还是对我说了出来，"他们在深圳。"

她说，他那老婆从台湾过来过年了，多半是想探他的底吧。

我闭上眼睛。今晚我酒真喝多了，头很晕。她眨着眼睛盯着墙上童安格的图片，她说，我看不懂他，我都这么聪明了，还是看不懂他。我睁开眼，醉眼蒙眬中看着她的眼泪在流下来，落在桌上。我原本不想说话，但我控制不住嘴巴，我说，不是你看不懂他，而是你想装作看不懂他吧。她说，什么意思？你真的很坏。我就很得意。我取笑她刚才还说想得开呢。我说，如果真想得开，哪还会难过，指不定舒服成什么样了。

她嘴角有奇怪的苦涩，她说谁叫今天是年三十。她说她忍着不想"将来"，不去盘算，但还是会难过，也可能多少世代以后的女孩真能放下，但过年的时候估计她们也还得想。

有那么一刻，屋子里陷入尴尬的安静和沉重，我注意到墙角放着一架古筝。我说，我在隔壁听你弹过，要不现在弹一下？她瞟了我一眼说，弹这个需要心情，所以现在没法弹。她侧转脸不再理我。我知道她在另一个方向流泪。

桌上残羹剩肴。走廊上鸦雀无声。我们像被遗弃的孩子围困于苦恼。越堕落越快乐，只是这活儿要办彻底也不是容易的事。我起身去给她拿餐巾纸。手忙脚乱中我把白色的纸一张张堆在她的脸上，像个笨蛋一样想埋葬她的泪水。她在纸堆里说，你很像我弟，我有一个弟弟，我总觉得你整天在盯着我，是不是我有点过敏了？

她说，看到你我总是想到我弟，他很好的，你肯定比他坏。窗户外，接二连三的鞭炮响起来。她说，你知道我为什么不回家过年吗？因为我不知道怎么回去骗他们。她说，想着他们我就难过。

我支支吾吾，别说这些了，今天是年三十，明年好运吧。

她说，你是不是觉得我是个荡妇？我说，当然你不是刘慧芳。她嘟哝，现在也可能只有我们的妈妈们才做刘慧芳。我往她脸上吹了一口气。她软弱的样子让我怀疑女人是不是都像一张纸，分分钟前还神气活现着，一旦被戳破，就立马瘫下连一丝信心也没了。窗外鞭炮声声。在九十年代转型期的大年夜，我面前趴着一个转型期女孩的脸。我摸了摸她的脸颊。我心想，你一会儿看得远一会儿看得近，一会儿笑一会儿哭的，让我快错乱了，我跟不上了。

她把一只手伸过来搂住我的脖子。你别笑我，别笑姐姐。我晕乎乎地去亲了下她红彤彤的脸。我说我从来不笑话女孩子，虽然我有时恨她们。我捧住她的脸，她的脸上此刻有与我大学时代的女友们相仿的软弱和硬心肠。她推开我，说了句什么我没听清。她突然把我拉近，亲我的嘴。我一下子把头埋进她的胸间。我大口地喘气，说，今天我喝得多了，可不怪我。她说，难道还怪我吗？这不就是你想了很久的名堂吗？

我们是怎么转到了床上我不太清楚，我只记得拼命地找她内衣的纽扣。她身上好凉快，她把我抱得很紧。我想好好看看她，她却一把关了床头的台灯。窗外的鞭炮声仿佛是在打一场仗。那巨大的声响让我奇怪地想起巴格达的轰炸，地面进攻打响了吗？想想那边的世界我们还算走运。我在她身体上摸索，像一个灾民。后来她帮了我一把，让我进入了我日思夜想的境地。我想着老苏想着曾经倾听的隔壁的声音想着我苦闷的青春竟然以这样的方式打开了窗。我睁着眼想看清黑暗中她的脸。她的迷惘一目了然。她说，你力气真大。她抱着我的脖子说，小男孩你以前有过吗……

第二天一早，我被她推下了床。她脸色慌乱，说，不好意思，我喝多了，真的不好意思，你还是小毛孩。我看着她扯着毛毯想遮掩身体。我伸手扑过去。她只闪避了一下，也搂住了我……在清晨来临的日光中，我们像被昨夜遗弃的小孩，只有拥抱不知倦意的情欲，才能克制彼此的寂寞和茫然。

那年春节，我和她沉浸在床笫之间。整个四楼空荡荡的，我怀疑站在过道里都能嗅到情欲的味道。我不知道自己到底喜欢她什么，也不知道她为啥与我厮混。我们难分难舍，有时候，我们一前一后溜出门去，坐上她的新车，在那些乡镇之间的公路上飞跑；有时我们在半夜跑到招待所四楼的露台上，看远处开发区的灯光，以及头上的星光。她说她相信这里的星星也快看不见了，但她还是喜欢这里，这里不像她死气沉沉的家乡，这里酷似一棵树的枝头，很多叶芽正在萌发，乱哄哄的，但生气勃勃。她说先富起来的人就是从像这样的地方富起来的。她说，我们不能回去。

她说"我们我们"的时候，不知她有没有想过我们以后的收场。我没问她，但我看着她美丽骄傲精明愚笨可怜的脸，就忍不住想这事。性这东西真怪，它让初尝滋味的少年有被认领的感觉，我对她产生了巨大的依恋，以及嫉妒。她问我为什么像有心事。我支吾其词。我想，也可能这样的厮混于她而言，是小菜一碟，彼此开心一下，总比一个人待着要好。至于以后怎么收场，谁知道以后啊。在这三角洲，可能很少有人能真正看到以后。而人一旦不想以后，没准就能舒服得像换了个人似的。所以我让自己别想太多。但我还是会嫉妒。我不可救药地在进入情感。我想，我怎么了？

有一天夜里，我被她摇醒，发现她盯着我的脸在问我，你为什么喜欢和我泡在一起？

我迷迷糊糊，说，深更半夜的，问你自己呢，你不也是喜欢和我泡吗？

她嘟哝：我也不知道，我明明知道今后你会伤了我，我为什么还会和你混在一起？

伤了你？我说，怎么会呢？我搂住她，睡意全无，我反唇相讥，你一边和我睡，一边自若无比地接听那个老苏的电话，这才伤了我。

她抚着我的脸说，是的，我也会伤了你的。

我说，每次你让我想起那个老苏的时候，你不知道我有多恶心。

她用吻堵住了我的嘴，她说，你别说那么多，我只说了你一句，你为什么要说那么多？

她在黑暗中拉着我的手在她身上走，仿佛在安抚我的焦躁。如果不想别的，依然可以亢奋。她说，你太纯没吃过苦。她说，我刺伤了你吗？屁屁虫，我不是有意的，我哪有资本刺伤你啊？你干吗要那么在意我？女人是不用在意的，你真笨，你可以不在意我的。她把我的手引向她的神秘之地，她说，我不知道为什么我越来越喜欢你了，你说说你为什么喜欢和我在一起。

减少受伤的办法是闭嘴做爱，肢体语言的交流往往比语言本身更亲昵。我狠狠地撞击她，看着她快乐起来。这黑暗的房间里像浮着老苏的脸，他嘲笑着我们。于是喘息间，我问她，应姐，他到底给你多少钱？

她没响。

他到底给你多少钱？

别傻。

他给你多少钱？

你烦不烦。

他给你多少钱？我哪天赚了钱，一定也给你！我对着黑暗大声叫起来，我哪天赚了钱，一定比他给得多！你告诉我他给你多少钱？

她捂住我的嘴。走廊上静悄悄的。

我挣开她的手，说，我是你的情夫吗？我故意恶心地笑起来，我还没老婆先有情妇了。

她说，你疯了，你不高兴，我知道你心里越来越不高兴了，我求你了，我们在一起应该高高兴兴，笨弟弟。

黑暗中，她拍着我的背，像在劝我想开。黑暗中，别说话，像两个困扰着的孩子，找不到出口，拼命爱吧。

从那天起，我总是忍不住问她，他给了你多少钱？

对此，她变得火冒三丈起来。她说，你老这么问，是不是指望我的钱？我说，我才不指望，我恨你的钱。

那你为什么还不滚回你的隔壁去？

我拉开门就要出去。她一把拉住我的衣服，她说，你玩了我，就想甩了我，没这么容易。我看见她的眼睛中怒火燃烧，她说："除非，你拿一万块钱给我。"她倚着门背，无限悲哀，仿佛不知该如何给我们的事收尾。这让我难过。她抱住我的肩膀，她终于说，对不起，真的，不知为什么看着你的样子我真是越来越难过。

她认为我没吃过苦，所以不知道肚子饿的时候、没人靠的时候，人会变得很急，会恨不得跳过一些阶段。

我说，那也不能没尊严啊。

她问我，那你和我混就有尊严了？

看我语塞，她呢喃而语，也只有你这个笨弟弟才喜欢我这样的姐姐。

有天我下班回来，走到楼道口，就听见了古筝的声音。那些音符飘浮在黄昏时分空荡的走廊里，像远山里的河流，渐行渐远，有一种寂寥的声息。

我向她的门口走过去，以我对她耐性的了解，我随时准备那旋律戛然而止。但今天还真的没有。那乐音绵长，一直流淌在这悠长的走廊里，被透过窗棂的斜阳照耀成了空中的水泡，飘来晃去。我在走廊里站了好一会儿，但听不出那是什么旋律。

我推开她的房门。她扭过头来，对我微笑，手指可没停止弹拨。我说，我终于听见你有耐心把一首曲子弹得这么久了。

她给了我一个媚眼。那些乐音继续在她指尖上迸出来，她故意加大了力度，它们变成了水花，在她和我之间的空中跳跃着。

我笑她这架势，是不平则鸣吗？难怪这么有感染力。她说，屁，我就这么差劲吗？我笑起来，说，多弹弹，挺有益身心的。她以为我又在讥讽她，说，什么意思啊？我偏借势说，宣泄呗，就像我心烦意乱就去长跑，跑着跑着，就开心了。她站起身，把双手搭在我的肩上，说，屁，姐可没想这么多。我说，这什么曲子，很好听呀。她说老曲，一个从小练的曲子。我说，你还从小练琴啊？她说，我就不能从小练吗？她亲了我一口，说，你也太小看我了，姐就不能弹完整一个曲子了吗？姐指不定哪天上台表演，你得给我献花。

春节快要过去了。有一天夜里，我们听到有人敲房门的声音，"应虹"、"应虹，是我"。

老苏。

我和她惊坐起来，面面相觑。我们以最快的速度下床，环顾四周，不知所措。我一眼看到了窗户。我把我的衣裤绕上脖子，我打开窗，跃上去。她拉住我，脸色紧张。干吗？嘘。我踩住了窗户下的那条水泥搁板，那水泥搁板与各个房间的窗台相连，平时用来放花盆。我轻轻地往我房间的窗口移过去。我看见她吃惊的脸色。她嘴里在大声说，来了，来了，我都睡着了。我跃上了自己的窗台，回到我的房间。

我听见她在隔壁开门的声音，我听见他们在隔壁说话。宛若戏剧重演，老苏开始吻她。她说，讨厌，你是不是把我打入冷宫了？床动的声音，那个老苏说了句下流话。她说轻点轻点，你能不能轻点声。我发现自己又贴在墙上，这无能的姿态让我对自己、对隔壁怒火中烧。我像疯了似的拍打着木墙板，我大声说，还想不想让人睡了？！隔壁的，请文明点，吵死了！

那边沉入难堪的安宁。我想象着应姐可能在被窝里笑，也可能在生气。那天夜里我恨他恨她恨自己。结果第二天我到楼下打水的时候，对服务台的赵姨说，妈的，我隔壁那一对，还让不让人睡了，你该去管一管。

赵姨满眼兴奋。她说，我知道了，群众意见，这是群众的意见。

那天白天，老苏带着应姐不知去了哪。晚上的时候，应姐过来讨开水，她进了我的房间，随手掩了一下门，她没头没脑地亲了一下我的脸。我知道我的脸色不太好看。她嘟哝了句，"过两天我陪你"。她就出去了。那天晚上到深夜，那个老苏还在她那儿。后来我听到赵姨出现在走廊上的声音，她说，我得看看你们的证。接着我听到了赵姨和老苏在争执。我听到老苏说，结婚证我们没带在身边啊，我不是坏人，我在这里有投资，对这里有贡献啊。他结结巴巴。我想笑。我听见赵姨说，我们这边是不允许这样的。

我没听到应姐的声音。我感觉走廊上有许多人出来看热闹了。赵姨不依不饶地说，我们这里从来不是这样教的，我们从小就不是这样教的。后来，我听见老苏进了房间，好像要拉应虹去厂里。应虹说，我不去我不去，你让我这么灰溜溜跟着你走出去，我脸还往哪儿搁，你要我死啊。她哭起来，声音断断续续，像咬着棉被。我听到那老苏"呼"的一声把门摔了，自己走了。

我听到她在隔壁哭。我走到窗边，向外面看了看，没人。我越过窗台，沿着那圈水泥搁板移过去，我拉开她的窗子，手一撑，就越了进去。她吓了一跳，看见是我，就把脸继续埋在被子上，那上面有泪水痕迹。我坐过去拍她的背。她起身抱住我继续呜咽，说自己倒了霉。我告诉她别哭了，是我叫赵姨来赶走那个老苏的，因为我讨厌他们在一起。她"啪"地给了我一个巴掌。可能用了她全部的愤怒。我脸上辣乎乎的，可能肿起来了。那天晚上，她抱着我一会儿咬牙切齿一会儿痛哭流涕。她说我羞辱了她还自以为是帮了她，她说，妈的，我受不了了。在关了灯的房间里，我们像敌人一样抱着寻求慰藉，然而无济于事，所以开始做爱，这样才能镇静下来。人不去想以后该有多好啊。而当我们静下来的时候，她突然又发作了，她说，你们一会儿这个，一会儿那个，你们臭男人，真的把我当招待所了。她腾地坐起来，说，我们走吧，从这里走，走吧，我跟你走吧。我说，好的。我立即坐起来，我说，我们去G城吧，我有个老乡在一家制药厂上班，他们那儿最近有个岗位，你跟我走吧。她用手环住我，贴着我的脸，她说，那你保证，一定要对我这个姐姐好，别哪天玩腻了丢掉我。

她说走就要走。我和她在各自的房间整理东西。半夜，外面很安静。我的东西本来就不多，一个旅行包。她有两个皮箱子。随后我们靠在她的床上等着天亮。我说，开你的车去吗？她说，不行。为什么？因为那是他的财产，你把我带走，那是私奔，但把它开走，那算偷盗。我点头。到凌晨四点的时候，我拎着她的一只箱子先出了招待所。我站在那座水泥桥下等她出来。我看见她提着箱子歪歪扭扭地过来了，身后是满天的星光。我们在清早的路灯下往公路那边走，那里有个汽车停靠点。我走一阵，就回头看她，她穿着一件黑色的风衣，拖着一只箱子挺吃力。晨风有些寒冷。我想她今后要和我在一起了。她让我走慢点，她说，你慢点，我穿了双高跟鞋。我站住等她。她好像很吃力。她走了一会就坐在她的箱子上。她说好像扭了一下脚。我过去帮她。我们费了好大力气把两只箱子弄到了公路边。我们站在渐渐亮起来的公路上。没有一辆车经过。风吹过，我看着她。从今以后要和她在一起了。我说，你属什么？她愣了一下，问我，你说什么？我说我问你属相。她把蓬乱的头发用皮筋扎起来，她笑了一下，说，你问了多少次了，告诉你吧，我属马。她看着公路那头，说，你冷吗？我很冷。

我把外套脱下，披在她肩上。在等待中时间是那么漫长。她说，怎么还没车来呀？她说，我们去了G城住哪儿啊？

她不停地说怎么还没车呀。我说别急，时间还早呢。后来我听见她说，我不想去了。她说，真的，我不想去了，天好冷啊，我想回去了。她仰脸看着我，像在哀求。她说觉得这事是不可能的。她说，我怕麻烦了，再说我们今天住哪儿啊？

我看着她的样子，傻了半天。我知道她是真的不想走了。

我跟着她往回走。那两只箱子变得更重了。我看着她这匹悲哀的马在前面走的样子，我知道她在哭。她的风衣下摆在风中飘呀飘，我知道我们就像它一样飘摇。

回来以后，我们的每一天好像都在告别。我们再也没吵架了。那是最幸福的日子，也是最难受的日子。有一天，我从镇办下班回来。在街角，有个女孩对我叫了一声"喂"。呵，是那个补鞋妹。她说，你好久没来擦鞋了。

我看了一眼我脚上的旅游鞋，很新潮的鞋，是应姐从厂里拿出来给我的。我刚想说这鞋不用擦，没想到她涨红了脸，低声说："你别和那个女的在一起了，街上的人都在说怪话了，那是个坏女人。"随后，她低头干活。

我这才意识到周围已有异样的眼光。我想，他们是从哪儿看出破绽的？

那天晚上，应姐很晚才回到她的房间。她过来倒开水。她说今天厂里事很多，她很累。

应姐离去的那天，我没有预感，一如她最初来到那家台球室，很突然。

我记得那个夜晚，我下班后回到招待所，照例去听隔壁她的动静。她没在。那天直到晚上十点，她的房间里都没有声音。我想可能是厂里有事，也可能是那个老苏来了。我铺开被子准备睡觉，我突然看见被子里埋着一只大信封，信封里有一张白纸，一个BP机，和一把钥匙。

那白纸上没写任何字。那BP机崭新。那钥匙是我这房间的钥匙。我给她配过一把。

我想，难道她走了？我开门出去，拍她的门，没人。我回到房间，越过窗台，踩着水泥板移过去。我看见，房间里她的东西已不在了。

我在窗台上坐了很久。夜色中我发现自己在哭。我不知道那张白纸她原本想留什么话给我。我转着那只BP机。它背后贴了一个号码。那是1991年无比风行的贵东西。我想，你会CALL我吗？

她没CALL。我后来去那家旅游鞋厂打探过。他们说应厂长不在这里做了，去深圳了。我顶着夏夜的闷热往招待所走，服务台赵姨没像往常一样招呼我，她在看电视，电视上苏联那边喧嚣一片，"八一九"的风云没吸引我。我管不了别人的事了。我在D镇孤单无比。我想离开这个地方。

那只BP机，我带在身边多年。我一直想象，有一天在它鸣叫之后，我回电过去，那头是那个略哑而醇厚的声音：笨弟弟，你在哪，还好吗？

但一个月、两个月、三个月……整整一年过去，它从没因她而鸣。

笨男孩

二、热夏

人远一点，钱近一点。不管我愿不愿意，这是她给我
的逻辑。我知道她这是为我好。

有两年时间，许多个节假日我坐车去深圳，像个游客在街边、商场、公园、车站逛游。我由此熟识了那里的许多条街巷，无数个转角。

　　我知道转角之后不可能有相遇。但我使唤不动自己的理性，只能由着情绪去追寻她的方向。也可能只有这样才能让自己处于忙碌中而来不及难过。

　　在车旅往返之间，劳累之中，我常恍惚不知自己在干什么。有一天中午，我站在莲花山顶，看这宛若大工地的城市在万丈光芒之下，尘土升腾。我知道这工地上的哪一个角落里定有她的声息，她是在忙碌还是在闲居，是在哭泣还是在欢笑？我好像看到了她脸上似邪似纯的表情，她像看对手一样瞟着这工地上的一切，仿佛那是一片微不足道的尘埃。尘埃。当然，D镇的往事也可能早已被她忘成了消散而去的浮尘，因为她没空。

　　但转念间，我知道她不会，她会像我无法放下她一样时时想起我，否则她就不可能这么决绝地切断与我的关联。

1992年8月8日那天夜里，我正在办公室为领导赶一篇讲话稿，突然BP机响了，我心不在焉地拿过来看了一下，是深圳地区的电话。我以为是深圳的老同学，回过去，没想到，听到了她的声音。

我有些懵，听到应虹在说，因为这事太重要了，所以我必须告诉你，以最快的速度来深圳，买股票认购表。我不清楚她在说啥。我听到的是自己兴奋的心跳和语无伦次的追问：你去了哪里？你在干什么？你躲哪儿去了？

我几乎都快放声哭了，我说，你怎么现在才来找我？

她在那头像一个严格的女教师，话语里只有交代，而没在我的情绪里哪怕稍稍停留。她说，我告诉你这事，是因为如果不告诉你，我以后要后悔的，因为它可能改变你的命运。

她公事公办的言语，让我生怕她放下电话，再次失踪。我说，好好好，我来深圳，你在哪里？

她说，你无须知道我在哪里，你只要知道股票认购表。

我不明白股票认购表在这样突如其来的夜晚的重大意义。她说，明不明白是次要的，重要的是有内部信息说深圳这两天要发售新股认购抽签表了，每张身份证可以买一张表，每人一次可买十张……

她说，以最快的速度去借身份证吧，然后来深圳。

我生怕她就此放下电话。她确实就要放下了。我能感觉到这点。

我追问，你在深圳哪里？

她在电话那头明显停顿了一下，她把话岔开，说，重要的是买认购表。

我说，你在哪里？我按这个电话能找到你吗？

她说，我会在"国信证券"那儿看见你。

我给在广州当记者的老乡牛哥打了个电话，打探认购证这事。牛哥告诉我，真有这事。他还说去年底他哥随手买了几张上海股票认购证，丢在抽屉里，哪想到经邓小平这一南方讲话，原本每张三十块钱被生生地炒到了一千块。他用这认购证抽中了一只"新世界百货"，五块涨成四十八块，赚了两万块……

我连夜在集体宿舍里借身份证，借到了十四张。第二天一早我赶去了火车站。哪想到，三四天内去深圳的火车票全没了。我站在热烘烘的售票大厅里傻眼了，我想还内部消息呢，看样子这内部消息全国人民都知道了。

广场上的黄牛向我招手，三十块一张的软座要卖三百块，他们绕着我转啊转啊，苦口婆心到让人无法抗拒，于是我咬牙买了一张，挤上了列车。车厢里每一张脸都在燃烧，空气闷热得透不过气来，我因前一宿的兴奋无眠，此刻突然头痛欲裂起来。我把脸贴在桌面上，想象着与她重逢的千万种情景。耳边汹涌着"原始股"的声浪。我在心里念着她的名字。火车向着深圳飞跑。

走出深圳火车站就嗅到空气里飘着的火爆味儿。天气奇闷，我用手按着太阳穴在街上走。大街上全是人的味道，仿佛有上百万人突然空降到了这里，学生、农民、打工仔、知识分子，男女老少，扛板凳，扛凉席，什么样的都有。每张脸都在流汗，每张嘴都在说股票、股票。

银行和证券公司门前人们排成了长龙，短短十几级的台阶上，一层接一层往上垒着人堆。我原本还想先去找家旅馆歇歇脚，但这长龙让我明白晚上用不上旅馆了。

　　我在"国信证券"门前的长龙里没找到她。我在长龙的周边地带也没找到她的影子。

　　我无法想象她风姿绰约的样子出现在这片哄闹、混乱的空间。于是我猜想这两年她可能混得不怎么样吧，所以也要凑这个热闹。我心里突然很高兴了。

　　我绕着长龙走了一圈又一圈。越来越多的人在加入长龙。长龙随着来自尾部的每一阵间歇性狂挤，发出一声声惊叫。证券公司的保安拿着竹竿不断地在人头上挥舞着，可这依然吓不住潮水般涌来挤去的人流，于是那竿子时不时地朝人头上打去，就听到惨烈的叫喊。

　　到下午的时候，我还没找到应姐，我决定先加入长龙。

　　我挤在队伍里，直到傍晚来临。夕阳落在这沸腾的济济人头之上，酷似世纪尽头的梦境。人与人前胸贴后背，所有的嘴巴都在说同一件事。当距离消失之后，孤单感也全部消失了，放眼望去，让我想起两三年前在另一个广场另一种语境下的情景，物质逼近精神，也有它的移情和狂欢，至少这一刻好像不再迷失。后来，杀将过来一群黑压压的民工，差点冲散了队伍。有人说，他们是整车整车被人从工地上拉来排队的。街灯亮起来了。突然前面的人喊"有人想插队"，后面的人喊"抱住抱住"。我发现自己被后面的人抱住了腰。我也抱住前面的腰。后来大家抱成一团，又热又兴奋，像一群孩子抱在一起玩老鹰抓小鸡。

我们抱到很晚，很累了，想着明天依然那么漫长。我问周围的人，明天能买得到吗？他们说放心吧，国家希望咱去赚钱。

排在我前面的人突然回头，对我说，松一松手。这时我才意识到是个女孩。我居然抱了她五六个钟头。

她笑道，松一松吧，让我喘口气。

我放松了手，后面的人挤上来，把松出来的那点空间挤没了。我说，恐怕还得抱到明天早晨呢。她说挺住，挺住。我说，要不你到边上歇一会，我给你作证你的位置在这里。她摇头。我看她头发蓬乱、汗水满面的可笑样子，就说，你们女孩子吃这个苦头干吗？

她说，这多好玩呀。

她是护士，来自一个县城的人民医院。我说你一个人来的？她说她哥在深圳，但他不信这个邪。她说其实她也不太信，但多好玩啊。

她排了那么久的队，居然并不信这认购抽签表是只会生钱的母鸡。这一点虽与我一样，但我没觉得好玩。我心里好像空了一块，从下午开始它在飞速扩散，此刻在这喧闹人海中，它好像已弥散成一块巨大的空洞和失望。我不知道如果应姐不出现，我是否还要排到明天。

我心不在焉地问前面的女孩，你说好玩？

她说，多好玩啊，你知道我为什么喜欢这乱哄哄的地方？因为所有的人都很兴奋的样子，多好看啊。

多好看啊？

这小护士小巧黝黑，大眼睛，额头很亮，头发因为连续两天的排队蓬乱无比。她说，你可能不明白我在说啥，是因为你不像我整天待在医院，在医院我每天看到的都是病人，我看着他们自己都快成病人了，哪像这里，所有的人都很亢奋，很健康，我已经很久没和这么多兴冲冲的人在一起了。

那天夜里突然下雨了，好大的雨啊，我们的阵地依然固若金汤，甚至队伍里有人开始大声地唱歌了，我想他是不是疯了。我前面的那个护士从斜背的小包里掏出了块糕饼，"吧唧吧唧"吃起来。那块饼好像就在我的嘴前。我这才想起饿，想起从早上到现在粒米未进。队伍外边，煮鸡蛋被卖到两块钱一个。

突然后面一阵躁动，有人说，饭来了饭来了。原来是有人给排在后面的那些民工送饭来了。

我回头，就看见几个筐子被人抬过来了，筐子里是白色的泡沫饭盒。在汹涌难忍的汗酸味中，食物的气息顽强地穿越而来，冲击胃的知觉，我甚至闻到了萝卜烧肉的味道。有一个女人站在台阶那边，指挥着送饭的，让他们把饭盒一个个递到队伍里去。

一阵阵饭香从头顶、从后方传来。我靠，干排队这活，也是有组织有分工的才好。

那个女的在说，还有谁没拿到？还有谁没拿到？

队伍里好些人打趣：我，我，我。

她穿着一件绿色的衬衫，下摆扎在白色牛仔裤里，干练，有气场。

我就对着她叫起来，应虹，应虹。

是的，我的呼喊似乎比脑子反应还要快捷。

我喊啊喊啊。

她回头，在街灯下人海中她凝神寻找我的声音，然后对我笑起来。淡定的样子，好像早知道我在这里。

应虹手里拿着两盒饭，向我挤过来。

那大波浪长发在街灯的照耀下闪烁着一圈金红色的光芒，这使她仿佛凸显于身后的人海，像一枚明灯因美丽而生威风，这声势显然也让周围的人感觉到了，他们不由自主地给她让出了点空隙。于是她到了我面前，对我点着头，嘴角带着我最初认识她时那种讥讽的笑意。两年多了，她似乎什么都没变，她微皱眉眼瞅着我和周遭的人，脸蛋一如往常，美丽，在人前总是带着点挑衅的斗劲儿。

我说，你怎么现在才来？

她笑着答非所问，不是还没开买吗？

我说，哦，有那么多民工已经在帮你排了。

她说，那是老板的人。

我说，你怎么现在才来？

她说，我是来送饭的。

她把饭盒给我，说，你要不要？

我拿过来，热乎乎的，看了一眼，果然是萝卜烧肉和米饭。我暂时顾不上它，因为我生怕她走开，我问，你要回去了？

她微微一笑，说，不，我自己也得买一点。

她看了看后面那些民工，说，还是你排在前面一些。我心想得让她排在我这里，无论如何。我发现自己的一只手攥着她的手腕，好像生怕她消失，我正想邀请她排在我这里，她已经在对我后面的人笑道，刚好多了一盒饭，给你吧。

然后她就一侧身插进我们的队伍。后面有人抗议插队，她将了一下头发，仰脸说，我弟给我排了一天了哪。

她抱着我的腰，后面的人潮拥挤时她就贴到我的背上。我边往嘴里扒饭边扭头看她。我想过一千种相遇，但没想到会在这样的人山人海、这样的饥肠辘辘、这样的金钱之夜相遇。这一切至今想来仍然像在梦里。

人海喧哗中，我们像两只抱在一起的蚂蚁。胃和心在飞速地走暖。

我问她：

你去哪儿了，这些年？

你干吗不找我？

你发财了吗？

你结婚了吗？

你混得怎么样？

她脸上有平淡至高深的表情。这一点她演得老到。那些问题在八月的人海中好像云烟消散在她的耳边。她似乎没听见它们，或者说人太多太挤，它们来不及被回答，就被周围关于金钱的喧闹淹没了。好在这些问题对此刻的我来说，也变得不那么要紧，因为她此刻就在我的后面。

我试图用直觉去感受她对我是否还有依恋。当我低头吃饭时，我发现她侧转头在悄悄打量我的侧面。而当我扭头凝视她的眼睛时，却发现她微皱眉头的笑眼里什么都没有，没有别离，没有时间，没有难言，真的什么都没有，好像我们昨天才见过面。她的眼睛里只映着这片人海，和她的斗志。而当我空落时，那依恋又仿佛在人海中对我有了一瞥，因为借着一阵阵的拥挤，她贴着我的后背，我能感觉到她对着我脖子微笑的温柔气息。于是我就仿佛知道她这两年也就混得马马虎虎，还是像那空中的轻尘在飘着。我扭头过去时，她就把头后仰，冲我摇头，说，太挤太挤。眼神里没有我想看到的东西。我不知道是她在装，还是这两年她阅历千山万水看淡了一切，而温柔只是我渴望的错觉。于是，我在得失之间起伏，我想问她：你不知道我在找你吗？你不想知道我过得好不好吗？

她见我老是回头看她，就微皱起眉，向着这人山人海笑道：你样子成熟一些了，有点小男子汉的样子了。

即使在这杂乱的金钱之夜她的脸上也有奇怪的风情。我心里在隐约地作痛，我把嘴凑近她的耳朵，我说，你跑到哪里去了？你知道吗，这两年像个噩梦，你发了吗？我还以为你发财了。

我感觉她抱着我的手在我腰间轻捏了一下。她依然旁顾而言他，她说，明天买到表格，不就发了？

我把吃空的饭盒捏扁踩在脚下。心里的空旷像漫天的雨意。我知道了她其实啥都不想多说。驻足于这样一片热地，不开心的往事不要多说，这个道理我懂。我闭住嘴只管看她。这张朝思暮想的脸、这张我想不明白为什么放不下的脸，现在就在我的面前，但仿佛隔着遥远的距离而无法触摸。就像这队伍里的每一个人兴许都有不堪言的往事，他们在说，别过来，别过来。我感觉自己眼睛里有水。她突然把一只手从我腰上移开，放到我的面前，捂了一下我的眼睛，好像是让我不要这么盯着她看了。

我听到她的声音在我耳边，喂，挣到钱就好了。而她皱着的眉眼里分明在说，不是都过去了吗？那些事不是都已经过去了吗？

排在队伍中，到深夜的时候，我头痛欲裂。其实，这一天隐约的头痛一直没有停顿，到此刻终于发作。

我说，我头痛。

她摸我的额头，说，怎么回事呀，很烫，温度不会低。

她问，坚持得住吗？

我说，都排到现在了，得坚持。

而我心里在说，都找了两年了，总算找到了，得坚持，不能就这么走人。

不知是后面更拥挤了，还是我有些站不住了，我感觉她抱着我的双手力量在增加。她的声音在我耳边，在这闹哄哄的深夜里好像梦语，她说，阿弟，挣到钱就好了，有钱了，就可以离开这些脏乎乎的地方。

迷糊中，我多么想听她说说这些年有多么想我，像我想她那样，而她安慰我的却是那空中的钱，好像那是一块泡了冷水的毛巾，可以飞过来贴在我烧得发痛的额头上，让我好过一些。

我嘟哝，你不是很有钱吗，我还以为你这两年很有钱了。

我说，那些帮你们排队的人不是你的工人吗？

她说，我不是说了吗，他们是老板的人。

我说，那你呢？

我想这话终于把她刺了吧。她扬起眉毛瞪着我说，我是为你好啊，让你来这里，是想让你有钱挣。

我说，我可不像你就想着赚钱，我还以为你现在很有钱了呢。

她的嘴巴一定想狠狠地咬我的耳朵，因为她的声音好像穿到了我的耳膜里，她说，有病！

她说，我是很有钱了，只有我这么个笨蛋才和你这个层次的人混。我迷糊地看着她，心想，嗨，还讲层次哪，她这么个层次还看不起我了。

她说，你这样子让我很后悔，很后悔喊你过来，我不是让你来找我的，我是想让你来挣钱的，明白吗？她在我耳边叹了一口气，她说，都好几年了，不是都已经过去了吗？她伸手拍了拍我的烫额头，转换一个话题：笨弟弟，这一点我算看明白了，以后没有人管我们的，得有钱。她把我的头斜靠在她的肩上。她想分散我额头的痛楚，于是描述她的美梦，像是给我们挺在这里打气，她说有钱了她最想办一家茶艺馆或咖啡馆，就像那些台湾人说的在台湾那边的店一样，香喷喷的，悠闲的，自己像个沙龙女主人一样，开开聚会，这好适合自己。她像一个小女孩一样"咯咯咯"地笑，她想逗我轻松一点所以问我，你有钱了呢？她终于像梦中她在无数次对我笑一样地笑着，但此刻却让我伤心。她对着人海努了一下嘴，说，有钱就不需要这样子了，可以离开，可以自由……虽然头痛，但我笑起来，我盯着她的眼睛，说，但想要有钱，你我就得像现在这样不离开不怕挤不怕恶心……

喧嚣人潮中，有谁听得清我们在说啥，连我自己都搞不清我们这样奇怪地抱在一起斗嘴时我哪分哪秒是在快乐哪分哪秒是在失落抑或嫉妒。她在说钱钱钱的时候，我想我终于再次看透她的无耻庸俗了。我想我终于看透了，怎么样，可以让心离开她了吧，然后离开这里。

我支撑到凌晨，眼睛里看出去，周围的人影和楼宇都在晃动，我觉得冷，我听见自己在问她，我能不能坐下来？

后来，我发现自己坐在了花坛边。她扶着我，让我的头靠在她的肩上。我听见她说，我从后面叫了两个民工，帮我们排。

我伸手捂她的脸，我说，你去哪儿了，你还喜欢我吗？

她避开。但我的手很执拗。我终于捧住了她的脸庞。

她移开我的手。她说，别像个小孩，这里是大街上。

我好像终于看到她真实的想法了。我想，是因为这里是大街，所以她在装。

我就有些高兴。我说，我不走了，我得待在深圳，我不能让你走了。

她一只手扶着我的肩，一只手推开我凑近过去的脸，她说，那我得走。

我想，人这一辈子在紧要关头多半会掉一次链子。深圳之夜，这么紧要的相逢，我居然发热到迷糊，这一定是命中的劫数。

那天后来的事我不清楚了。迷迷糊糊中，我感觉自己躺进了一间工房，迷迷糊糊中感知应姐在身边，她把粥喂进我嘴里……我想这是做梦吗？心里却好像很平静。我真正醒来是第二天下午，窗外是夏日的阳光，一阵阵蝉鸣像水波荡漾。头痛依旧，我抬起身，看见她果然在屋子里。我问，这是哪儿？

她走过来，把一块浸了凉水的毛巾盖在我的额头。

她说，这是一个朋友的厂。

她的眼睛近在我的面前，我看到了它里面的难过和冷静。

我说，这两年你过得好不好？

她盯着我，对我的执拗叹了一口气，说，还行，没有什么不好。

我说，你有没想到过我？

她拍拍我额头的毛巾，说，想，也只是因为担心。

即使头脑昏沉，我也能明白这话语的技巧。

我说，这一次你也会走掉吗？

她点头，你在这里住两天就会好的，我得先走了。

我说，你在这厂里工作吗？

她摇头，不在。

我说，接下来我去哪里找你？

她让自己的脸上涌出分明的冷漠，她说，这不好，这有什么好的，不是什么都已经过去了吗？

我感觉太阳穴一阵阵的疼痛，眼睛里有水在流下来。她推开我伸向她的手掌，她说，我得走，你会好起来的。

她说，我走了，我在这里已经两天了。她盯着我的眼睛，好像看穿了什么。于是她嘟哝，我晓得和自己喜欢的人待在一起，最后一定会害了他们的，"尤其是你"。

她说完这些，就真的走了。

她走得这么突兀，我都没反应过来。而她在走出去两三分钟之后，又突然折回来，这一次她俯身抱住我的肩膀，在我耳边好似哀求：我后悔把你叫来，真的，很后悔，我走了，笨弟弟，对不起，我得走了，别那么伤感，我有什么好的，对不起，我先走了。

这一次她真走了，留下我一个人在八月炎热的午后在屋子里痛骂。我多么恨她就这样丢下了我。事实上我又怜悯她这两天守在这里。我想她只是叫我来挣钱，但其实啥都没有。我一边恨她而心里又是多么想她，想她克制着的一切和她身后的迷雾，想着她对我好。

我后来知道，即使那一夜我没发烧退场，第二天早上也同样不可能买到新股认购抽签表。

因为第二天早上认购表才开卖了没几分钟，营业部就说卖完了。而那些买到表格的，在人群中开始转卖，两千块一张，疯了似的。无数人在大街上骂娘：妈的，五百万张怎么一眨眼就卖完了？猫腻！

认购表其实和我无关，无论买到与否。

与我有关的只是与应姐的相遇。

我不知道应姐是否后悔把"内部消息"透露给我，从而让我和她有了联系。而我，后来甚至庆幸自己那晚的高烧，因为在我返家之后，她给我来了电话，问我病是否好了。

这样，相对于前两年的音讯全无，如今就又有了一点联系。有了联系，它就会渐渐产生黏性。这不仅因为情感，还因为那些年股票的属性，后者将这一切处理成了顺理成章。

让我们再次密切起来的，确实是那些股票信息。

应姐有时会打电话告诉我去买哪一只股票，因为有内部消息。

她的言语简洁，透着点虚张声势的利落。如果你仔细听，还是听得出它里面躲藏着个小女孩，因为那冷调子是板着的，好像刻意板着脸，说，喏，告诉你这个，只是想让你日子好过起来，以前的那些事甭提了，因为提也没有什么意思了。

我估计她混得也不怎么样，但我理解她对于我的仗义。

我也会把从牛哥那儿听来的内部消息告诉她。那时我已经调回了G城，在一家化工厂工作。

那些年，这样的内部消息总是神出鬼没，神神叨叨，但你不可能不信。我打电话给她的时候总是说得一惊一乍，我幻想着她在电话那一头的表情——有时她好像在笑有时她在装，但更多的时候是洞悉我心思的讥笑腔调。

她没有切断这样的联系，是因为"让日子好过起来"的仗义。不谈情感彼此就会轻松。轻松，是让情感不难堪不沉重，从而不溜走的前提。

事实上即使有内部消息，对我来说还不是办法。一是本金少，二是心急沉不住气，所以赚不了几个钱。当然，在心里，赚多少钱与我无关，与我有关的是这样能与她有联系，能听到电话那头她的声音。

有一天，我说，能不能把我的钱和你的合在一起，由你去炒，我整天待在厂里，看不了行情。

她一点都没犹豫，很爽快地说好。

我汇了一万块钱给她，这是我当时的全部家当。我是多么高兴我的钱和她的在一起了。我好像看到了我的身家住进了她的家，那一个账户也就成了我们共同的家。

我想着它们。我望着自己宿舍的天花板，想象着那些钱在飞速地变多。她抱着它们，像一叠叠的糕饼，她对我说，是我的，也是你的。

　　她是个有斗志的女人，她的果断在炒股方面显现出来。她告诉我抽到了一千股深华宝。我和她盼啊盼啊，到华宝上市那天，她决定抛，算了一下，有五千块好赚。

　　她说，如果你有时间你可以来深圳，一起去营业部办吧。

　　我请了假过去。她在营业部等我。那天她穿着一件长长的白毛衣，仪态万方地坐在长椅那头，像个有钱人一样从容不迫。

　　我奔过去，看她在笑。那一刻我想我得富起来，她爱钱。只要有钱，她就眉开眼笑。

　　而她眉开眼笑的时候，仔细瞧，就发现她确实是一个小孩。她的厉害劲儿消了一半。

　　我们抛掉了华宝，还抛掉了另外三只股票，共赚了七万块。那一天真的激动人心。

　　她让我把钱放进她拿来的一只皮包里，背在胸前。我从来没一次性拿过那么多钱。这真让人疯狂。这一单，赚得比在单位上三年班还多。

　　我怀里捂着那叠钱。我们站在街边，笑啊，一下子不知去哪。

　　对面，香港"佐丹奴"专卖店刚开业，苹果绿的门前人头涌动。其实那些人不是去买衣服，而是去看营业员的。月薪一千五百块哪！那些穿红衣服的营业员小妞月薪一千五百块！我简直不敢相信自己的耳朵，我在厂里当技术员，三班倒，才多少？六百块。

我正想着幸亏我们有股票好炒这事，应姐指着那头说，带你去吃肯德基。她像个孩子指着那家刚开的肯德基，要去那儿。

这是我第一次吃洋快餐，至今我还记得那天的震动。我和应姐面对面啃鸡翅，我们由衷感叹这美国炸鸡真是太好吃了，这店真是太明亮了，只是这东西也太贵了，两个鸡翅比一只鸡还贵。

我说过她眉开眼笑的时候，就像个小孩。

事实上，坐在肯德基里，她和我因为揣着这一堆钱在身上，就像个小孩一直在笑，显得很傻。她瞅着我怀里装钱的那个包，说，这样赚下去，到时候就真的可以去开家咖啡馆或者茶艺馆了。她瞟了周围一眼，说，这墙上的色彩太明艳，咖啡馆得用原木，茶艺馆还得更考究一些，色调还可以再暗一些。她说着这些的时候仰着下巴，冷艳优雅，语气不容置疑，宛若沙龙女主人一般。当然她不可名状的神气里藏着一个小女孩，正得意着自己善于算计呢。我真想亲她可爱的嘴。她这样做梦的时候，是那么纯真梦幻，像个百折不挠的女孩，感染力强劲，我感觉自己眼睛里莫名其妙有水升腾上来，而她指着盘里啃下来的鸡骨头，说，姐没饱，你再去买四对。

她的意思是这笔横财是我们自己赚到的，需要显摆一下。她说，这可是我们自己赚到的钱，要说味道，可能姐烧的辣子鸡丁也差不到哪里去，你说对不对？

我说我今天不回去了，因为没有火车了。我说我想去她那儿。

她断然否决，她白了我一眼，说，这不行。

我笑起来，这么说，你有老公了。

我笑啊，好像多逗似的，心里明显刺痛了一下。其实痛它一直在那里，无数个瞬间会涌上来，虽然我知道此刻这么开心的时候它有些煞风景，但它还是涌上来了。

我故意把语气放得很稀松，我说，他是谁呢？

她不由自主地低了一下头，然后仰脸看着我，像女教师那么目光锐利，带着凛冽。她知道我在想什么。她伸手在我头上飞快地拍了一下，说，真坏，还是那么坏。

我在心里告诉自己，今天这么快乐可不能搞砸。我说，好了，我不去你那边了，其实我只是想做个客，这很正常的呀。

她低头嘟哝，是正常，但太远了，再说，唉，以后再说。

她眼睛里有一闪而过的哀求，但她显然发现我看到了它，而这又让她有些别扭。她说，这不好。

她解释，这不好，咱们合伙赚钱就很好了，别的都会不开心的，你又不是不知道，再说你这人又太纯了……

我知道自己的眼睛里也有哀求。她让冷漠涌上来，那个小孩子就不见了，她说，这不好，要不我们在这里把钱分了，说BYE。

我环顾肯德基里的客人，说，在这里？在这里分钱？

她站起来，说，那好吧，先帮你找一家今晚住宿的旅馆。

我和她就一路去找旅馆。我在金海宾馆要了一个标间。一进门，我就把那叠钱掏出怀里，让她好好看看。她坐在床上，把它们一刀刀抛向天花板，然后接住。

她抛啊接啊，那七刀钱，像个玩具。她又变成了一个小孩。

后来，她居然把其中的一刀抛到了吊灯的木框上，搁在了那里。我就站到床上用衣架去挑，灰尘和钱就掉下来，那刀钱居然散了，飘了一地。我们仰头兴奋地转着，然后俯身去捡那一张张钱。接着我们挨在一起就坐在了地上。我们哈哈大笑，像两个疯子，在地上相互推着。这满地的钱让人疯狂，这满地自己赚来的钱让人遏制不住想撒野。我睡在这纸币上了。身下这一地的钱炽热无比。我把她拉拢过来想亲她一下。她推了一下，就没再推。我们久久地亲吻。房间里寂静无声，我听见窗外汽车的喇叭声掠过。她脸色潮红。我伸手去摸索她的身体，比我想象的陌生要熟悉。我以为会得手，但这一次她推开我，她说，不。

她站起来，看着我说，别这样，以后会难受的。

她的毛衣上粘着一张钱币。她的头发上也挂着一张。她说，会难受的，真的，你不懂吗？

她蹲下来，用手抬起我的下巴，像个姐姐看着我，说，你应该懂的。

她说，你这人太纯了，真心相好的人都会难受。

这话是对我的安慰。我完全懂。它让我放松了坚硬的身体。她看我低头的样子，又凑过来突然吻我。她呢喃，弟，我不想让你难过，因为你难过我也好不到哪里去。

我摇头。我的意思是，你别管我。

她大声说，今天你不难过，明天会更难过。

我嘟哝，难过还好吧，就是放心不下，你知道吗？就是对你放心不下。

我听到一只苍蝇在玻璃窗上飞。她脸色潮红把我从地上拉起来，然后推开。但突然她又伸开手臂，紧紧地绕着我的脖子，让我挣不开。她看着我的眼睛说，人真的很怪，看着你这笨样子，我真怕自己心软，但这可不行。她冲着我大喊了一句：放下！她说她很好的，不需要放心不下，也不需要想得太多。她手里拿着一张钱，对我摇了摇，说，呵，有钱就会好的，别多想，赚钱去吧。

我站起来，瞧着这一地的钱，问接下来怎么办。

她说接下来我们分钱。

她把钱从地上拢起来，撒在我的头上，说，分钱分钱，多半给你。

她"咯咯"笑起来，好像又变成了一个小孩。她坚持给我四万。我说对半分，她不干。她生气地把几刀钱往我的包里塞。她一边塞，一边说她才不在乎钱。她的古怪就在这里，她好像特爱钱（我听见过她在隔壁和那个老苏争钱争破了头），又好像特不在乎钱。那时我还不理解她的混乱，我只能理解成她对我好心。

她和我在宾馆门口分手。她拍拍她手里拎的那个装满了钱的包，说，合作愉快。

我说，赚钱愉快。

我伸手给她一个拥抱，我看见了她身后那条熙熙攘攘的街道，几个月前的那个晚上我们挤在这里的长龙里梦想着发财，而现在终于赚到了点。我用劲拥抱着她，情感涌上来，那么难舍。她笑着推开我，转身走了。我看着她顺着南方冬天的街道，仪态万方地走着。风吹着她的长发，树上的紫荆花在开放。我想，她会回头看我吗？

她没有。

人远一点，钱近一点。不管我愿不愿意，这是她给我的逻辑。我知道她这是为我好。

但其实这不可能，因为接下来的日子股票牵扯着我们，彪悍的股市牵扯着我们的情绪，我们每天都在联系，谈何远近。

到第二年春，股市冲天，大盘"噌噌噌"地往上走，她和我每天都通电话，因为这股票来钱比印钞机还快。账户里的钱向上跳啊跳，让我们在电话的两头像两个过家家的孩子。她在那头"咯咯"地笑。她说是她赚的，她赚的。我突然觉得玛丽莲·梦露也就这样可爱吧。

有一天我们争论那只"延中"要不要走。她说，不走。我说，走。结果接下来的几天，"延中"一直在往上去。她在电话那头嘲笑我时腔调是那么牛B，她多么得意自己的善于算计。

我说，那么过几天我再来分钱。

她说，不分，赚来的钱应该让它们成为生蛋的母鸡。

股票飞涨让人忘记凡庸。在股市里激荡，甚至会让人忘记纠结、怨愁、犹豫等小儿女情绪。她和我的电话联系越来越密，她告诉我当务之急是追加资金，"扩大再生产"。于是，我把之前赚到的，包括我上次从深圳带回来的四万块钱又交给她，投下去。我们相互鼓劲，不顾一切，那样的兴奋好像又回到了最初在D镇疯狂的日子。我是多么愿意当股票的奴隶。不仅因为它的快乐是直观的，还因为它消磨了我的伤感，转移了情欲，让我每天能感知她对我的呼应。

1993年夏天来临。在一个极为闷热的黄昏，我站在宿舍楼道顶头的电话机边,我对她说,这股市是不是疯了,今天的成交量是十亿! 天量啊!

她说这一票做下来,她要暂时洗手了,暂时不干了,因为不用干了,有钱了,她得走了。她说得那么自然顺畅。

我说,你去哪里?

她叹了一口气,说,去哪里呀? 哦,比如去海外,去一个小镇,去念一场书,去认识别的人,也可能去办个茶吧酒吧或者咖啡馆,反正走了。

我不知道她说的是真是假。反正她需要出走,这一点情绪倒是千真万确。我说,那我也得跟去。她说,屁,你帮不了我,这你明白的。我知道她的意思,有时候她嘴上表达的就是这么功利。而且她确实这么功利。这无耻我早已领教。我们说话的这当儿,窗外是灿烂的晚霞,哪家的收音机里在唱《小芳》。一群群粉蝶在黄昏的低空里飞舞交配,越来越多,像一团狂野的旋风,从楼下转角那边掠过去,舞到了小河那边,它们像绝望的欲念不知从哪一个空间而来。我拿着电话筒,心里涌动恨怨交错的情绪,我甚至渴望股市立马转熊。我异常清晰地记得这通话的情景,是因为第二天股市真的大跌,并且由此一直狂跌。

人人都在说"宏观调控"。我不懂这些道理,我只知道它跌得那么快,一下子把我和应姐赚的都亏了回去!!

低谷和高潮来得一样快捷。荒谬感铺天盖地。也可能贪婪从来就是这样的归宿,也可能老天爷真的怜惜我的忧愁,顺了我前一天的所愿。但想到她的伤心和那些消失的钱,我又是多么后悔。

应姐打电话过来。她也不懂什么"宏观调控",她说,妈的，把我们给骗了。她吃亏的时候总是认定被什么人给骗了。我安慰她总有涨回去的一天。她在那头尖锐地笑了一声说，姐会把它们搞回来的。

她不需要安慰。她习惯将自己处在高于我的位置。她说我投入她账户的那些钱以后她会还我的，但现在没钱。我说，这我知道，这难道还需要你讲出来吗？她说当然需要，因为姐要去外地了。我赶紧问去哪里。她没说去哪里，只说去外地发展。

发展什么？

她没理这个问题。她说，反正会和你联系的。

我说，告诉我你想去哪儿。

她没回答去哪里，她在叹了一口气后说，弟，你难道是真的不明白吗？有些东西，我以为在隔了那么多年后心里已经没有了，但是，它还在，它不能再去碰了，我得走了，因为它会让我痛的。

她感觉到了电话这边我的低落，她哀求我别这样，她说，我有什么好的？你该对自己说"STOP"了，否则你也会痛，会让我担心。

她说每个人都有自己要过的生活，不要回头，不要偷偷想念。她还告诉我她算是看明白了，一个人只有等他自己对这日子有掌控力了，才能谈喜爱什么痛恨什么，否则只能徒增闲愁。她说我不懂这道理，而她算是看明白了这点，人踏实不了的时候，什么都是被动的、痛苦的。她说她早想对我说这个了。她说不是我不好，而是不可能的，不可能的就不要再去碰了，否则连那点旧情都会痛得没影了。

她说得清晰而又含糊，我听懂了一些，并且还听出与"钱"

有关的意思：有钱了就能掌控自己，不看人脸色，才能去爱。

钱钱钱钱。我心想。我说，这要看你想过怎样的生活。

她锐利地笑了一声，没理我这话。

人的心气真是天生不一样，我对着虚空只有叹气，我装作轻松地转换话题，你该不会又要玩失踪了吧？

她说，会和你联系的，因为你还有几万块钱在我账户里，钱我会还你的。

宿舍过道里，那昏暗的日光灯在"滋滋"地响。这女人你无法阻拦，我不知她的心被什么浇灌。

事实上，对于她的再度消失，我没感到太多意外，因为这几个月来我随时准备着迎接这个结果。我没想到的是，第二天她就消失了。因为第二天晚上我打她的手机时，那头的语音告诉我，"该号码已停机"。她说走就走了，她就这样又从我的生活中消失了。

接下来的几个月，甚至几年，她都没打电话给我。但冥冥中我能感知她对我的惦记。有一年生日，我突然收到了她的贺卡：祝贺你已经是男子汉了！不准想着从前，不准偷偷想念，炒股的钱，我会还的。

邮戳上显示：海口。

许多个夜晚，我梦到那个账号，我看到那些钱单薄地在里面飘，我呼喊着她的名字，我知道她有一天会出现，但不知何时，以哪种方式回来，是刺痛我还是抚慰我。

笨男孩

三、夜奔

她说：没有谁可以不靠别人，一个人遇事多了就特明
白钻牛角尖只会把自己弄痛了。你得听姐这句话，姐
能这么想，就能比他们男人的哪一个女朋友都仗义，
我对大哥你仗义，你这个阶段让我过得好一点，推我
一把到下一个更好一点的路口，OK吧，这么着自己
也OK。

1997年年底，我所在的化工厂突然改制，年纪大一些的工人被买断工龄，年轻人接二连三地离开厂子。我跳槽了。接着，在一些公司里辗转。这是生逢那个年代的命，你都来不及说好坏，就被卷入其中。这就是小人物的路途。

　　跳槽是会上瘾的，我像跳蚤一样停不下来，日子过得毫无起色，甚至越来越糟。我交过几个女友，但感情都不是太强烈，所以没有结果，而我心里明白，是往事的留影太过强烈。应姐像一个参照，映着我起伏不定的黯然日子和那些庸常的脸，我一次次对自己说"STOP"，但一次次无法停歇念想。许多个瞬间，她一边说"钱钱钱钱"一边像个小孩幻想着糖果的模样，奇怪地组合成一种魅力：邪气、伤心、不甘心劲儿，生机勃勃，让你被吸引。

　　我做过文秘、广告业务员、市场调查员、装修设计、传销培训，最困难的时候甚至卖过窗帘布和西红柿。有一个晚上，我坐在长途货车里从江西一路南下，为公司贩运一批甲鱼。我看着窗外的田野，想着这做梦一样的生活，我好像看到应姐在云层那头向我投来的惊鸿一瞥。她微皱着眉眼，冲着我笑，说，有钱就可以离开。

于是我好像在虚空中看到她赚到了钱。她得意地说，我这个层次的人和你混，是因为我可怜你。

我痛恨她的嘴脸，心里却奔驰着奇怪的爱恨和争辩的欢乐，她的气息好像就在我的身边，欲望凌空而来，在夜行车道上陪着我狂奔。我想狠狠地亲她的嘴，让她痛得叫起来，然后我对她说，谁可怜谁哪，谁知道你那些钱从哪里搞来的，有什么好得意啊。

车窗外是1998年的春夜。天际线在远方闪烁，似冥冥中命运的流光。我不知她在哪里，但第六感告诉我重逢即将到来。

当时我在一家营养品企业做销售。那年春季该企业主推一款名为"甲鱼得力"的饮品。我们天天在大街上摆摊，与商业对手PK，因为对手厂家跟风推出了一款"鳖宝"营养液。开始时双方广告大战，接着是越来越贴身的对擂，我们在哪家商场搞活动，他们必然出现。到后来就有了肉搏的意思，连着几个星期天，在全市多家商场发生了双方促销人员互掷瓶子的场面。

有一天，我们在金凯商厦门口搞"买一赠三"活动，我们的摊位像一条长龙，"甲鱼得力，绝对得力"的红色横幅穿空而过，一只巨大的甲鱼充气球在阳光下招摇，夺尽眼球。与往常一样，"鳖宝"在我们的旁边安营扎寨，他们的亮点是一个小舞台，请了几个女孩载歌载舞——"鳖宝，鳖宝，人间有爱有鳖宝"。扩音器震天响，令我们这边的老方经理皱起了眉：我的妈呀，这个哄人的糖掺水，还人间有爱哪。妈的，我们才有爱，我们不卖了，全送，今天全送了。

于是，我们对着路人喊，送送送，免费赠送，得力得力，人间真爱。

于是，"呼啦"一下，满街的人都跑过来排队领赠品了。队伍排到了广场的那头，声势非凡。而对面的"鳖宝"，在我们这边人海的映照下立显寡淡，于是那边一个女经理模样的人亲自上台，拿着麦克风，对路人说，亲爱的朋友，这个舞台是我的，也是你的，今天是一个大派对，喜爱唱歌的人可以上来卡拉OK，我先给大家来一曲。接着，她就唱起来："悠悠岁月……"

她的嗓子不错，但拉不回我们这边领赠品的人。我们正得意间，"鳖宝"冲过来几个人，说我们恶性竞争。老方经理和他们争论间就推搡起来，一切仿佛前两周肉搏的重演，我们和他们打起来了。队伍就乱了。许多人冲着我们喊"别打啦"、"别打啦"。

我们抢起饮料瓶和"鳖宝"的人对打。那天我不知为什么那么冲动，连续冲着两个人的脑门上抡了两瓶子，其中一个立马鼻血横流。他们就冲着我奔过来，我跃出花坛时，脑门上被什么击打了一记。我扭头，看见刚才那个唱歌的经理。

她正抡着手里的拎包还想往我身上打。我狠狠地瞪了她一眼，手里举起瓶子，犹豫着这是个女人我打不打过去呢。

也就是这一刹那，她和我都惊叫起来：啊。

有个家伙趁机往我后背上狠抡了一拳。她说，别打啦，他是我弟。

我和应姐就这么再次相逢。目光相对，四下的喧闹仿佛销声而去。应姐瞅着我，大笑起来。她穿着藏青色的宝姿职业装，头发因刚才的争斗有些凌乱，风吹起她雪白的衬衣尖领，那张脸正蒸腾着傲然、激动、惊讶、欢喜等混乱的神情，美丽不可名状。

双方员工看着我和应姐相视而对哭笑不得的模样，都笑起来。是的，真的很可笑，包括刚才激动的对打，和此刻那些哄抢饮品的人们。许多人都哈哈大笑，仿佛醒悟过来这一切有多荒诞。那一箱箱饮品被抢得一地狼藉，越来越多的路人还在涌过来争夺赠品。应虹拉着我的手赶紧跑开。我们转过喷水池，越过广场长廊。她伸手抚摸我的额头，说，看，被砸肿了。她的手指轻轻揉着，熟悉的气息近在眼前。有一刹那我被恍惚感环绕。我想怎么居然遇上了她！我嚷嚷：你去哪了，这些年？你怎么也卖饮料了？

她笑，你怎么也卖饮料了？

我说，你赚到钱了吗？

她推了我一把，笑道，你呢？

我想放声大笑，心想，你一定没赚到。

我摇头，急着告诉她，我不仅没赚到钱而且连女朋友都没找到，难道你赚到钱了？

她特牛B地瞟了我一眼，说，哪有这么问人的，连礼数都没有。

我说，我还以为你赚到钱了成家了。

她知道我话里的意思，轻摇了下头，说成家干吗，然后就笑起来，好像很可笑的样子。她说，我是这个厂的合伙人。

原来当老板了，是老板娘吧？

她看着我的眼睛，告诉我，不是，是和朋友合伙的。

她说，这两年做过很多事，外贸、声讯台，甚至在海南做过地产，反正很多，和你也说不清，总之现在投资饮料业。

我说，这需要很多资金吧？

她坦然得就像这春天里的阳光，说，和朋友一起干，我负责经营理念和管理，这不也是投资吗，脑力投资。

我一边想着这个朋友是否和她以前的"朋友"不一样，一边感觉出了点她和以前在哪儿有些不一样了。

我说，又有朋友了？

她含笑用手指点了点我，仿佛知道我想的是啥，所以她用一根手指轻松把它们点掉，或者说，她才不在乎我怎么想呢。她笑道，一个在海南时认识的哥们儿，一起做。她身后是星期天热闹的金苗广场，有人在放风筝，一只"彩蝶"和一只"蜻蜓"缠在了一起，正在飞快地下坠。她的眉眼里没有闪烁，也没有虚掩，只有重逢的高兴劲儿，和从容得体。温和得就像眼前这照耀着柳枝的阳光。明朗了，也沉得住了。看样子状况良好。

她伸手抬起我的下巴，像个姐姐打量我，说，成熟了不少，当然也老了一点了。

我说，你可没老。

她说，我正想和你联系呢，还欠着你的钱呢，去年香港回归前股市牛了一把，我心急没赚到多少，但也弄回来了本，我得把钱还给你了。

虽然我几乎天天都想着那个账户，但我嘴上说，这不急。

她说，我这两天就把钱给你准备好，你来拿。

我告诉她那只她送的BP机我还在用。她说知道。她给了我她办公室和住所的电话。她说，你有空的时候过来拿吧。她说这些的时候很淡然，好像没什么需要躲闪藏掖了，与五六年前我们在深圳相遇时的局促太不一样了。也可能往事真的消逝了。我在空旷起来的心里笑话自己的迷失。她拉起我的手像老友一样晃了两下。她指着那边"鳖宝"的促销摊位，急着要过去。我说，你这当老板的怎么还亲自督阵？她回头笑道，以前我从不来营销现场，今天早上起床的时候，不知怎么想的，突然想要来看看。现在明白了，原来是有预感见到你啊。

她笑着就走了。看着她的背影，我猜定她混得不错。是的，她不再闪烁其词、似隐约难言，当然，也他妈的有那么点不当回事了的感觉。

她知道我在看她，就回头向我招手。她站在台阶上，隔着星期天逛街的人流向我笑着，仍那么引人注目，但那种气定神闲却好似削去了她原本在我记忆里的光晕，好似她一旦毫无冲突了，反倒不再像她了。我向她挥挥手，在大街上，我听到了时光流去的声音。我恍若做梦，我对自己说，这也好，是说"STOP"的时候了。

第二天，应姐打来电话，让我到她公司去拿钱。而不巧我刚好这天要出差去云南联系市场，就与她约好回来后见。

等我三个星期后回来，给她电话，她却说，别来我公司了，你就直接来我住的米兰公寓吧。

我下班后就打的过去。那是市中心的商务型精装公寓小区，她住在三楼。我按门铃，听到了她那醇厚的声音，"来了"。她穿着一袭乳白色的棉质长袍开门迎我进屋，她脸上挂着恬静的笑，眼睛里是兴奋的光泽，站在那白色的家具、宝蓝色地毯、别致的吊灯之间，显得格调出众，早已不是在D镇时住在我隔壁的样子了。

屋子里有淡雅的香气。小客厅的中间放着一堆打包好的行李。她把一个厚厚的信封交给我。我摸着那厚度，笑道，别是给多了吧。她给了我一个久违的媚眼，用手指点了一下我的额头，说，欠了好多年，连本带息。

　　我看了眼屋里那堆行李。它们放在那里好像要搬家的样子。我问，这是要去哪？

　　她说，走人了。她走到行李边，随手推了推其中一个箱子，说，我要离开"鳖宝"了。

　　她告诉我之所以没让我去公司找她，就是因为她要离开"鳖宝"了。她看我不解的样子，就对我笑道，你现在也干这饮品生意，你总是知道的，这糖水加色素的东西能做多久啊？他们还以为是百年大业啊，姐得赶紧走人了，他们是猪脑子，我不能陪着玩了，阿弟你也别在"甲鱼得力"干了，要留后路。

　　我想着几周前她和我在广场上为饮品争锋的样子，不太反应得过来。她说，除了产业原因，那个任海山小里小气的，也不是做大事的人，而姐已经不是以前那个实力了，现在想请我去干的人多得是。

　　正这么说着，大门的锁被转动了，有人从外面开门进来，是个三十岁出头、脸色灰沉的男人，挟着一个皮包。应姐站在那堆行李边，低沉着声音对那人说，你怎么又过来了？

　　他有些哭丧脸地冲着她摇头。他看见屋子里有我，愣了一下。

　　于是应姐说，这是我弟，然后告诉我，他是"鳖宝"的董事长任海山，就是我上次和你说的那个合伙人。

　　任海山像个憨厚的倒霉蛋向我尴尬点头，然后在接下来的时间里，他仿佛把我当作了空气，因为他哭丧着脸，一根筋地想请应姐别走，不要离开"鳖宝"。

应姐说，我想好了，你甭劝了。离开不是不高兴，不是生气，因为我生气的时间已经足够长了，我给了自己两年的时间生气，所以现在不生气了，是想好了的。

她拍了一下小任老板的肩，让自己像女神一样高傲而淡定地笑，她说，我们为什么老是吵，这一阵为什么老是吵？别看是因为一点小事，其实是因为定义不同，定义不同没法相混。

我不知道那个小任老板懂不懂她说的意思。那些书面词语让他找不到北，于是他冲她发急：不就是为了开演奏会吗，可以商量的呀。

她冷笑了一声，说，商量？和谁商量？和你妈去商量？我怎么算得过她？

他嘟哝，我们家族企业也不是我一个人说了算。他摇着头，埋怨应虹不该不明白。

于是，她的情绪在瞬间冲了上来。穿着白长袍的她，让自己因生气而像一块可笑的奶油蛋糕一样发颤。她对他吼道，你这企业没有我能做成这样吗？你说你他妈的仗义吗？你他妈的怎么什么都是你妈、你家里的那帮人说了才算？！其实姐压根没和你多混的意思，叫他们别操心姐败家了！

她气急的样子，让她脸上有执拗的光泽。这么几年不见，她现在可不在乎我是不是在面前，或者说她压根无所谓我这个老熟人怎么看她了，当然，也可能她眼下的气实在太大。她像一个无所顾忌的女神，狠狠地从心里往外掏出火苗，一点，一点，它们在这四周的空中闪动，照耀出她底子里的那个小女孩。是的，她又变成了一个小孩。她的样子令我觉得眼熟并且觉得很爽，它像一场大雨直淋下来，浇灭了上周在金凯商厦相遇时她那种风浪趋静的感觉。

她冲着那男人吼叫的样子虽让我不明就里，但让我高兴。她仿佛站在一片尘埃的边缘，生着气但容光四射，像一个小孩在讨要什么东西，她在说，我想要这样，这样，这样，为什么不行？

我听见她对我说，我只是想办个演奏会，才十万块钱哪。十万块，别说十万块，姐给他这公司贡献了一百万都不止。现在我想自己搞个演奏会，居然要问他讨，都讨了好几天了，像个叫花子，天天讨天天吵，你说可笑吧，那个会计居然不肯给办。

我在他俩争执的旋风中不知所措。她看我没明白演奏会是个什么事儿，就指着廊柱那边的一架古筝，说，姐现在又练习这个了，想办个演奏会，圆个小时候的梦。

那架古筝闪着深棕色的光泽，放在一个镂花的白色架子上，为这空间添了格调。我想起来曾在D镇招待所她的房间里看到过它，那时候从隔壁常传来它的"叮咚"声。

她对我说，姐承认姐心血来潮闹着要办演奏会只是一个说辞，姐可以不办音乐会，但问题实质不在这里，问题是这已不是一次两次了，姐这两年想干点啥，都要这么向他们讨、讨、讨！

小任老板听不懂她的纠结之源，他有些一根筋地钻在她那个"演奏会"的概念里，他低下头辩解：公司会计是我妈呀，其实也是我的意思，干点别的什么都好，但搞这个演奏会，钱等于丢到水里去了，做什么梦都好圆，但你这个和我们搞饮料的好像太远了，咱这饮料一瓶瓶的买卖，赚来这点钱也不容易，你也是知道的呀，又不是不肯给你花钱，要不给你换辆车吧？

她说不要。演奏会、演奏会、演奏会。她的手挥动着，像一个站在百货公司橱窗前不肯走的女孩，冲着那个也许自己并不是太中意的芭比娃娃执拗着，好似事关自己是否被重视的原则问题。

她向我一摊双手，说，你看看他们这班农民，我开场音乐会，可以冠公司的名啊，也是对企业的宣传，怎么就不是正经事了？我帮他家这个企业做了这么几年，想张扬一下自己，让自己感觉好一点，怎么就不是正经事？连员工都需要激励呢。

接着，她让自己的声音低沉下来，她让略哑的声音里带上了嘲讽，她说，为什么我想让自己感觉好一点？她把脸朝向沙发上的小任老板说，你知道吗？

你知道吗？

她仰脸古怪地笑了，说，你妈前些天悄悄来过这里，你妈和我说了些什么，我原本不想跟你讲了，因为太丢我脸，实在丢脸。现在告诉你吧，你劝我别走，你妈却求我快点走人，你妈那脸拉得有多长啊，她说你是要结婚的，已经有许多人来提亲了，有一户好人家，家里怎么怎么有钱，女儿怎么怎么斯文，而我这么个女人待在你边上那怎么办？你妈都差不多要跪下来求我了，但我知道她心里在咒我，她是多么想让我消失，她甚至给我开价了，二十万。妈妈的，姐消失值二十万。

小任抬起头尴尬地看着她。他说，你别听她的。

应姐抚了一下头发，她脸上有我熟悉的悲哀，她说，这下你知道我为什么想任性地搞场演奏会了吗？这下你知道我为什么想让自己感觉好一点了吗？姐在这里给你、给你家公司干了三年哪。哪怕我只是玩一把，给我玩一把又怎么了？她拍着自己的胸口说，是我呀，是我呀，你不是说对我最好的吗，你仗义吗？

她的火焰又开始在屋里燃烧。她说，就你们家有人，我没人？她把我往小任老板面前推，声音尖锐：任海山你说啊，你对我弟弟说说你是不是男人。

小任面红耳赤，拙于言辞。他从怀里的那只小包中掏出几刀钱想息事宁人，说，好了好了，演奏会开吧，你开吧，这钱我来出好了，我自己出好了，我带来了。

他把几刀钱放在桌上，说钱由他自己出，你想干啥就干啥。

应姐把钱拿起来往天花板丢，它们像雪花一样落下来，她说，我这样讨，它们就不值钱了，谁要你的臭钱。

她指着地上的钱，愤怒地说，奶奶的，老子不要了！

她嘲笑这家人是靠卖甲鱼起家的，小农意识。她嘲笑他们，做饮料又不是卖甲鱼。她像个算命的，说，你们这么小农的企业迟早关门，抱着你们的那点钱离我远点，老婆儿子热炕头去吧，跟我混什么混。

她从地上抓起几大把钱，冲进了卫生间，丢进马桶，居然放水冲了下去。

我看得目瞪口呆。应姐拉起我，回过头对他说，走了，老子走了，不干了，把我的那一份还给我。

她拉着我往楼下冲。她飞快地走，我还没太想明白这是怎么回事，情绪一上来，也撒腿跟上，真想就这么飞奔到世界的另一边。

我们在马路上站定，一下子不知去哪。我随口说，要不先到我宿舍去。她答应道，走。

我们打了车，在立交桥上飞奔，窗外是世纪末的夜晚。我们的前方是城市灰红的天空，云层低矮，像旷野里的梦境，我们好像正在往那里赶。

立交桥两侧的楼盘广告像一路展开的蓝图，那些灯火明亮的写字楼里此刻依然人影绰绰。车子冲下立交桥的那一刻，霓虹夜色挤进车窗来，身边的应姐此刻正侧转着脸看着窗外。她和我的距离，就像窗外的繁华大街与清贫巷子，彼此逼近又遥不可及。她看着外面，好像正准备夺窗门而去，这些年她其实就这么一直在冲，偶然回转过脸，给我一个媚眼或白眼，说，省省吧，别跟着，因为你跟不上。

我拉了一下她的手，我以为她还在愤怒中，哪想到她早就平静了。她说，我不知为什么，最近看着他就想吵。街边的灯光在她脸上划过光彩，明灭变幻。她看着我，眼睛里反倒有安抚我别担忧的神情，然后笑了笑，轻拍了一下我的手背。

她来到了我租住的房间。她看着我杂乱无比的房间，好似无处下脚，她就坐到我的床上。

这时候她才问我，怎么离开原来的厂子了？

我说，原来的厂子改制了，好多人下岗了，待着也没什么戏。

她身后的墙上贴着香港新星舒淇的海报，她和她一起在笑，她说，这就对了，早走一定比迟走好，就像一个苹果，你咬了一口，觉得味道不对了，干吗要吃完呢？

她环视我的屋子，问租金多少钱。后来，她就开始收拾房间，她一收拾起来就没完没了。我局促地看着她，夺了几次拖把，她都不肯撒手。后来她蹲在地上用抹布一点点地擦地砖上的脏印，她的裙子都拖在水里了。她好心肠的时候显得真诚到让人怜悯。我说，我来我来我来，这是出租房啊，又不是我的家。她说，你都睡在灰堆里了。她一边擦地砖，一边回头对我说，你得找个女朋友，赶紧成个家。

我说，你不是也没成家吗？

她看了我一眼，说，你和我不一样，你是要过日子的人。

我说，那么你不是吗？

她起先没理我，后来说，你说我怎么过日子？我这人不适合过日子的。

说完她就奇怪地笑了，好像还看透了似的得意着呢。昏黄的灯光下，从我这边看过去，那神情像一朵夜里开放的邪门的花。

她确实和我们不一样。不是以前太苦，就是太不服气这窗外的世界。她志向狠狠的，好像觉得啥都不妥，好像她还没要到自己所称心的东西，而那个东西到底是什么她又不太清楚，所以她带着她好看的、被自己无视却被别人贪念的身体在茫然地晃来晃去，她所有的姿态都在告诉你她不可能过眼下这样的日子，她要找的那片地儿离这儿还远，从D镇那时起她好像就是这样子。她这样狠着的时候，好像不把自己的日子搞混乱就不会收场。那种张力，够劲够辣，但你旁观的时候，反而觉得她像会被噬灭。这一点在此刻幽暗的灯下显得那么突出，使她像一块砖头，也像一块蛋糕。

我对正一声不吭擦着地砖的她说，你别干了。她没停下来，嘴里说让她再干一阵，她现在有点强迫症，看着乱的东西就想收拾。

后来她开始擦那张沙发的时候，劝我其实完全不要担心她与小任老板的争吵，她只是在气头上，其实这些年她明白得很，才不会真往自己的心里去，要不然这日子还怎么混，很多东西是不当真的。

她说，我和任海山在海南认识，投资饮品公司的资金是他们家族出的，任海山这人还算不错，混着有混着的逻辑，至于钱嘛，只要那钱不是由你全部决定的就不是你的，尤其那些赚得越辛苦的钱就越不是，谁给别人都是小心眼的，要计算的，无论任海山、他妈还是什么人，我算看明白了，难道你我不是吗？一个人如果想要别人给他感觉，关键还取决于他自己的处境，这处境决定别人怎么样对他，是服帖趴下还是耍心眼，想想吧。

我有一句没一句地听着，因为我老想着她和那个小任在床上的样子，心里有些憋闷。也不知这接下来的晚上，我们该做点什么。有一只白猫从窗台外的横架上踱过，看了我们房屋一眼，跃上桂花树冠，消失在夜色里。

我说，他有很多钱吗？她"切"地笑了一声，说，比你我多，但又怎么样？即使有，走出这扇门，会发现别人的钱多得能砸死你，更何况除了钱还有别的，你还得腆着脸去看别人的脸色，比如那些有权的人。

她说钱的来龙去脉她可算是看明白了，男人她也算是看明白了，对他们想要的那点东西她也是看明白了，有什么了不起的，他不从你这儿得到，他可以从别的地方买。

其实她今夜对我说这个让我诧异，因为她刻意地和我不谈心事已有多年。现在，她叽里呱啦把它们说出来，可能是隔了那么多年后她觉得不用再顾忌了，当然也可能是她想劝我别为她今天的争吵担心。我相信后一种的可能性更大。

她说她可没想着和任海山厮守，因为不可能。她说"不可能"时的样子，淡若轻烟，有点酷。她说彼此混混，都是想得开的人，感觉好的时候，是相互帮衬，开心一下，而到哪天不混了，也是帮衬过的人，譬如朋友一场。她说：没有谁可以不靠别人，一个人遇事多了就特明白钻牛角尖只会把自己弄痛了。你得听姐这句话，姐能这么想，就能比他们男人的哪一个女朋友都仗义，我对大哥你仗义，你这个阶段让我过得好一点，推我一把到下一个更好一点的路口，OK吧，这么着自己也OK。

她脸上的透彻，透着点厚颜，映出了奇怪的生机和决然。她半蹲着擦窗台的认真样子让我想过去抱着她亲她，然后狠狠撕掉外面的那层披挂。记得她以前说过"现在这样的苦都吃得了，以后还有什么苦吃不了呢"（这"阶段说"给我留下过极深的印象），而现在她的"路口说"好像已跃入了另一个层次，在混乱穿梭中，已能从正面琢磨出了自己和那些男人相处的功能，于是主动了，而不再像只风筝被风吹来吹去，悟透了，所以甚至感觉甜了，潇洒了。

她抬起头，注意到我在仔细地听。估计我脸上有复杂的神色，她就闭了嘴，然后她就笑了，好像在挖苦我：你说姐适不适合过日子？

　　她挥着抹布在混乱的房间转了一圈，湿漉漉的地砖映着灯光映着她轻巧的舞步。她又在得意了，她在我面前总要处于这样的高位，也可能是我的单纯、软弱让她有安全感。她把抹布"啪"地往洗手间那头扔过去，回头凝视我的那一刻，我瞥见了那潇洒后面果然还是藏着那个小女孩，有忧愁的东西在这灯光下的屋子里一晃而过，她嚷嚷着的样子，依然没有安全感。

　　我就笑起来，站起来，牵住她的手，拼命地摇。

　　她环视我的房间，说她最近也要去租一个，因为米兰公寓是"鳖宝"公司给租的，而她现在不打算在小任那儿混了。在她和我说话的这段时间里，她的手机一直在"嘟嘟"响，她看也不看，因为是小任老板的呼唤。它叫了太久，她就把它关掉了。她说，我有什么好的，我和谁长久地混下去，他一定倒霉，所以想到这一点，我心里其实也有点软。

　　她问我，你觉得我好吗？你说我有什么好的？

　　我向她走过去，递给她一杯水。她没接杯子，而是端起我的脸，说，姐是不是有点土了？

　　她身后是窗外的夜色，邻居家的电视机里传来歌声。我突然伸手捧住她的脸亲了一下。她没推开，反而搂住我的脖子亲了一下我的脸颊，好像隔着这么些年，当我们无措时还是能习惯于这样的亲密。

　　应姐在我这儿住了两天，第三天我下班回家的时候，发现她已走了。她给我留了张纸条，说她找到房子了，挺不错的，过几天邀我去。

　　我望着窗明几净的房间，看着她留在餐桌上的几只苹果，小厨房里的一只洋葱和半块生姜，心里是那么空虚。她在这儿待过就像一个梦，给你留下了一点她心里的秘密，和她近如家人的旧情，以及你自己的牵挂，就消失而去。

事实上，就是她在我这儿的两天里，我已经发现她和以前不太一样的一面，她手机铃声络绎不绝，除了那个小任老板，她的朋友估计有一个连。我听到她对那头的那些人一会儿命令一会儿发嗲一会儿生气一会儿半真半假地调情，她让他们给她介绍房子她说要去他们那儿合伙做事她说她要开音乐会你得来献只花篮她说她一个朋友搞了块地你一起来干好不好；她在电话里让小任老板别来找她了因为她不想在他那儿待了因为想做点别的了这件事不是因为音乐会而是因为自己想有别的发展了以后多联系啊说不定以后还要你帮忙呢……

她打完这些电话，就看我一眼，那意思是说，你没看见我兜得转吗……

第三天晚上，任海山来敲我的房门。我不知道他是怎么打听到我住在这里的。他一进门就请求我劝应姐回他这边来。

你劝你姐跟我。他脸上有小猪一样的天真傻样。

他说自己尊敬她，很尊敬，她又不是那种只要钱的人。

我不相信他真的把她当作了我姐。好在这样的事好像并不太纠结他那个脑袋，他才不管她什么前因后果的，他到我这里来只是来找人，目前他还想继续和她泡，而且念头很强烈。

他说，是的，有时候她为一分钱都要吵，但有时候真觉得她看不上钱，所以我觉得她更多的不是为了钱的那种女人，更多的时候她是性情中人，是仗义的，如果她是男的，我也会喜欢她。

他说着说着有些糊涂了。我就说，你打算娶她吗？

他像看天外来客一样看着我，显然从来没有人包括她自己也从没问过他这事儿。他憨憨的眼神里居然也掠过一丝滑头的光泽，他说，是朋友是朋友。于是我明白我这话有多傻。想玩的人，如今遍地都是。他说，她在男女问题上是看得很开的。

他说，她对我很好，你知道她对我好到什么程度？我说过想要什么，比如生病时说想喝粥，她都会记得而且亲自给我弄到床边。

他好像不明白她对自己那么好怎么就走了。他脸上有深深的困惑，好像在说，都说婊子无情，她一会儿有情一会无情的，到底怎么了？我故弄玄虚，说，她都走了你还不知道原因，这就是她走的原因。

他一定觉得这话很有哲理，脸上有痛的神色。他念叨"我对她好的呀"。这让我有些生气。我心想，她对我也很好啊，对人好，容易投入，这是她的本能，也是她对别人、对自己的伤害。

他的脸让我觉得很傻，我说，一个人对别人过度好，那是因为他心里不踏实，渴望有人宠他。

我虽然不懂心理学，但我明白有些人就是这样的。

他难过地摇头，他说，这我知道，我很尊敬她，她以前跟的那些男的都很尊敬她，我这才知道为什么。

他脸上是深深的沮丧，他从口袋里掏出一刀钱给我，说，见面礼见面礼。被我推开了。他像个小孩一样需要人哄。他嘟哝：她和男人混，她对那种事想得开，她就是这样的人，明明白白地摆在那儿，反而让人觉得实在，不难搞，很豪爽的，所以我就喜欢她。

他说，你告诉她，我甚至可以无所谓她以后跟谁，但不要丢了我，我会对她好的，我会让她明白谁对她好。

我把他和那刀钱一起推出了门。我说，想开点，她只是想要更大的发展，她心气很大的。

听着他下楼的脚步声，我心烦意乱。我想着他嘴里的那个"她"，以及他们眼里尊敬的那个"她"，忧愁嫉妒恨意无法排遣，现在我好像看到"她"冷艳而又热情地走上楼来，穿过那些男人发愣的目光，走过来给我看那张"路口说"的牌牌。她劝我别管她，她挺好的，什么都开始顺起来了，还想怎么样？像她以往无数次让我纠结一样，那冷漠渴望坚硬脆弱牛气交错的气息毁了我这一夜的心情。

笨男孩

四、筝音

她眼里的情感风吹般在瞬息间强烈起来，她握住我的手，说，笨弟，你这么好，你为什么对我这么好？

一周以后应姐给我来了电话，告诉我她现在住在金色广场。我知道那是月租五千元的公寓，外形像一片白帆，漂浮在城市北部CBD的中心，其底层像珠串一般粘连着在这座城市刚刚起步的奢侈品店、甜品屋、咖啡馆。我说，嚯，有钱。她笑道那是朋友借她住的，用不了太多钱。

　　也可能是如今她对我说"朋友"的语气，和她以前说自己比我有钱钱钱钱的时候差不多，我就不由自主地看见她身后跟着一群高矮胖瘦各不相同的人。他们正用热切、暧昧，包括小任老板所说的"尊敬"交织着的眼神，看着她风骚地扭着腰肢走在前面。她好像劈波斩浪而来，那眼神既冷傲又得意又受宠又怕冷又好像多兜得转似的。

　　我笑她，哪门子的朋友？我怎么没有这样的朋友？你怎么尽是这样的朋友？她没理我的找茬。她说她目前暂时不准备做别的什么事，只准备那场古筝音乐会。

　　你有钱办音乐会了？

　　她笑，姐混了这么多年，总是有朋友帮的。

我说，我怎么没这样的朋友？你别不是想问我借吧？

她低声笑骂了句，你有的话会借吗？

我说，要多少？

她看我当真了，笑道，弟，我已经搞到了。

我说，多少？

她说，反正差不多应该够了。

我问，要还吗？

她笑，切，即使不用还，人情总是要还的。

人情当钱还多划算啊。我笑起来，好像多好笑似的。她说你他妈的还是这么刻薄。我说，有什么需要帮忙的吗？开一场音乐会一定有很多事要做吧。

她说，这么说还差不多，我这边只有我一个人，场地、音响、舞美、乐队、海报制作都需要去谈的，阿弟你得帮我，我搞到的钱应该够你的酬劳了。

我说，我不用，因为是应姐你的事呀。

她说，不行，这事我可说在前面了，有酬劳的话大家都会高兴一点，说好了，有钱给你的。

我星期六去了她的金色广场。她在一楼大厅等我。大厅的喷水池里水在潺潺流动，阳光透过两边的落地窗，映得室内的植物葱郁夺目。她穿着天蓝色的长裙，站在一棵硕大的棕榈树下，头发上架着一副墨镜，向我招手：这里这里。

她带我去坐电梯的时候，我注意到二楼有咖啡吧，而每一层楼的拐角都有休闲区，大红色布艺沙发，精巧的茶几。我指给她看。她脸上是小女孩的欣喜。她说，真的很高级，我也是才住进来，还没来得及好好参观，你不说我还没注意到呢。她摘下墨镜，用它轻敲了一下我的肩膀，说，哪天你赚到钱了，也赶紧去搞一个这样的公寓。

电梯四壁的镜子映着我们的样子，像两个混进来的骗子。

我说，好的，去搞一个。

她将自己的脸贴近镜子，可能是在看眼角是不是有皱纹。我可没看到什么皱纹。她嘴里说，哪天你赚到钱了，得帮我搞一个这样的。

她很少向我讨东西，即使开玩笑。我笑道，好呀。

她的房间大约四十来方，精装修，别致的浅棕色核桃木家具，众多镜子和水晶灯，使空间晃动着水波似的光影，落地窗外是城市的高空，从这里可以俯视底下那些纵横交错的屋顶和马路，它们显得那么斑斓和细小。果绿色窗帘在随轻风飘动，掩映着一张玫红色的美人靠。于是多数的时间里她就倚在那里和我说话，像极了梦露的架势。

她说，姐这辈子可能也就玩这一把演奏会了。按理说，姐做梦也不会想到办这个的，但姐还真的就是做梦做到了这个，说起来也是很邪门的。那天晚上，姐做了个梦，梦见汀洲老师穿了一袭白衣，让我弹《江流》，那是他写的曲子，我弹了一遍又一遍，他总不满意，我就哭了。不知你做梦哭的时候有没有这样的经历，醒来的时候发现自己眼睛里真的有泪水。我从床上坐起来，想起汀洲老师，也不知他现在是死是活的，也不知这是不是算托梦了，我从床底下拉出那架琴，那罩子上蒙了多厚的一层灰，都多少年没弄了，我深更半夜试了一下，发现手感居然还在。我弹啊弹，呵，半夜里相当诡异，不是吹牛，那声音真的像极了流水，从没这样流畅过，所以我相信是托梦了。更神的是，我第二天下午从"鳖宝"出来的时候，路边有个算命的，以前那家伙老坐在那里，我们没谁去搭理他的，但这天也可能我多看了他一眼，他对着我说，仙乐飘飘有机缘。

他怎么就知道仙乐飘飘？他怎么就知道姐前一夜弹琴了？我就认定了这是天意。

应姐仰起身，理了一下被风吹乱的窗帘，她把双臂张开，做了个伸展动作，身后窗外灰蓝的天宇映着她的好身材。她说，当然姐也承认，姐突然发大兴想玩这个，跟姐在"鳖宝"公司受了点委屈，想跟小任和他老妈任性一把有关，还跟姐受了点同学的刺激也有关系。姐从《文汇报》上看到一个消息，吓了一跳，姐当年一女同学在上海开了场音乐会，那人当年绰号"走调太后"，现在居然号称著名演奏家了，屁，我可不信。

她站起来，把手指搁在美人靠旁的那架古筝上，我听到了一串乐音。它们飘在这房间里，像远古的水声，与四壁的镜子、水晶灯折射的光影一起荡漾着。我想起在D镇的时候，它们时常飘在我隔壁的房间里。

她说自己这两天要练练，要不然会出洋相。她还说要去找音乐厅、交响乐队，和他们谈个档期和价钱。她说着这些的时候好像她操持这些十分谙熟，她还打了两个响指。

我说，你这也会办？

她说，基本就这样的套路，只不过人家音乐家哪有这样自己张罗的，人家演出前只管美形，喝参汤，手部护理，哼哼调子，余下的杂事都有经纪人、马仔打理，这才像搞独奏音乐会的。

我说，我就当马仔吧。

她说，那当然了，不过由你去和那些人谈场租、伴奏费用的话，我估计我搞来的这点钱可不够花。

星期六上午接下来的时间，她就倚在那个美人靠上打各种电话，她的声音一会儿轻柔一会儿兴奋一会儿装作生气：你猜我是谁啊你真不记得我了吗真坏你这人说啊你有多久没联系我了我怎么会呢死鬼喂宝哥哪天约饭饭啊……然后看着我，对我使着眼色，好像我能心领神会一切。

我就想象着那边一张张肥胖消瘦帅气猥琐的脸，它们像波浪一样屁颠着，而她脸上的笑容像此刻窗外十点钟的阳光，偶尔也抖露点半真半假的剑锋：你认识音乐厅的吗你认识演出商吗你认识做印刷的吗你认识音协的吗你认识电视台的吗你认识区长吗……餐桌上摆着一瓶怒放的百合花，浓香在房间里汹涌，人在某一刻是否会恍然发现身边的女人像花长开了一样——活开了。我闷声不响的样子，她能看到我心窝里去。她一边对那头说着话，一边走到餐桌这边，从果盘里拿起一个橙子抛给我。她把手机拿开，低声对我说，办事就是这样子的。她似在安慰：又发什么傻了？瞧你这样子我都懒得和你绕，这两年我在与人打交道方面可是有很大的长进……床头柜上的小钟指针在"嘀嗒"地响着，我想着当年她在隔壁房间里的哭泣想着她在股市人潮中的亢奋悲哀美梦一场……她现在油滑的嘴角可没了当年的欲言又止，天真就像这窗外的世界正在碎裂，我感到了心里的压迫。我站起来说，搞得那么累干吗？她笑道，玩呗。她的神情还没从她上一个电话的表演状态中一下子回过来，那样子又邪门又贱还有些倔强。我就突然抱住她的脸，亲她倔强的嘴。这一次她也没有立马推开，而是闭着眼亲了我一会，然后把我推开。她说，别这样别这样。我的后背碰到了墙壁。她看我难堪的样子就自嘲她自己的不是，她说，感情会带来麻烦的，我现在很怕这个的。她说，你也不是小孩了，你还这样子是姐对不起你。

应姐去音乐厅洽谈的那天，拉着我一起去。她穿得曲线毕露，让那个经理的视线都不知往哪里搁了。而她的言语端正煽情酷似CCTV的倪萍，她说，作为生活在这座城市的一个最普通的市民，走进音乐厅，办一场自己的音乐会，这是我人生最大的梦想。音乐厅这样神圣的地方，远得就像天边的星星。我想圆梦，我想告诉大家，它离咱老百姓并不遥远，它不仅是艺术的殿堂，而且还有着大众的情怀……

最后，她说虽然自己没太多钱给音乐厅，但相信办这样的活动会有社会效益，底层需要有这样的激励。

她把嘴凑近经理的耳朵，说，一定会有影响。

她说，会有媒体来报道的。

她的眼睛放着电光，梦幻映着她楚楚动人的脸。这女人有这样突然绽放的能力。经理两眼也开始放光，他说，音乐厅向草根打开舞台，这个想法有意思，有意思。

他想了一会，说，以最低场租给你吧。

她像艺术家一样站起来，给了他一个突兀的拥抱，她的脸贴到他的面颊上，她隔着他的肩膀在向我做鬼脸。她的贱骨头就露出了尾巴。

接下来，她和我去了报社。因为我觉得这太离谱，所以没肯进采编中心大楼，我在门前的雪松下等她。而她像个斗士一样进去了。我等了一个多小时，等到她扭着腰、向我招着手出来。她说，搞定。

她说明天会有一个头条的报道。

果然，第二天报纸娱乐版上有篇题为《音乐厅为草根打开圆梦大门》的头条报道。到中午的时候她电话过来，告诉我，记者说他们准备做连续报道，像中央台《东方时空》"讲述老百姓自己的故事"一样，讲述"草根圆梦音乐会"。

然后，她又带着记者去了音乐厅。两趟下来，那经理连场租费都给她免了，只算水电费。

她和我跑遍了这座城市的琴行。她找不到中意的古筝，也可能是她太挑剔。她在那一架架筝中间犹豫。她不停地弹拨，觉得这个味道不对，那个音准不行，拿不定主意。她说，如果汀洲老师在就好了，用陈汀洲的耳朵听一下就好了。

现在她告诉我汀洲老师是她小时候的数学老师，古筝高手，散落民间的那种高手。她小时候跟他学了好多年。她在一架筝上拨出一串音符，是《浏阳河》。她摇头说不对不对，她说，如果演奏会上能用陈汀洲的那架古筝就OK了，筝好，状态就好，这和你用好钢笔写字是一个道理。她看出我接下去想问什么，就不多说了。对于往事，她基本就是这个姿态，包括我们在D镇的那些事。

有一天她听说城北有家民乐商店东西好，许多专业的音乐人都在那里订货，就约我下班后陪她过去看看。那家店深陷在一条巷子里，巷子两旁是浓密的法国梧桐。我们到那里的时候已是晚上八点，一串串音符从巷子深处传来，告诉你乐器店在前方。可能是这巷子特别幽静，路灯下那些音符仿佛在梧桐叶的光影间跳跃。透过乐器店的落地窗门，见店内人影寂寥，一个小姑娘坐在二胡、琵琶、古筝、古琴等中间，在敲扬琴，也在徒劳地等待顾客的到来。推门进去，才想起来这旋律是《火车向着韶山跑》。那些乐器在暖黄的灯光里闪烁着柔和的光芒。小姑娘看见我们进来，就搁下扬琴，走过来。应姐说，弹得不错，不错。这店里的古筝依然没让应姐满意，她说，它们比不上陈汀洲老师的那台，没我们要的味道。

　　店里陈列的那几台古筝不入她的眼，而小姑娘纤细修长的手指却吸引了她的目光。她拿起小姑娘的手，说，好漂亮的手，像我小时候一样。

　　那女孩说自己是附近艺校附中的学生，每天晚上来这里打工。应姐拎着她的指尖，说这手就是吃这碗饭的，然后张开自己的手掌给我们看，喏，哪像我现在这个样，啥活都干，糙了。那小姑娘看着她的手，细声说，还好呀。应姐笑着摇头，说，搞音乐是富贵活，我上学那阵有的同学从来不洗衣服的。那小姑娘说她的同学中也有这样的，家长请了保姆住在学校附近帮助洗衣洗碗。应姐瞅着她说，那么说小妹你可不一样，你还得自己打工呢。小姑娘脸红了，笑着点头不吭声了。应姐拉着我往外走，回头对那女孩说，没事，和姐当年一样，你看姐姐现在不也要开个人音乐会了。

　　我们出门走了二十来米远，又听到身后传来了扬琴的声音，《火车向着韶山跑》。我想象着那女孩在灯下落落寡欢敲琴的样子，就像我们刚来时见到的那样。一种说不出来是什么的气氛此刻在梧桐叶影下弥漫，应姐侧转脸看了我一眼，显然她感觉到了我意识到了它。

音乐厅免了应姐的场租费，她用这省下的三万块钱买了两架钢琴，一架送到了白云民工子弟小学，一架送到了儿童医院病房。

我调侃她，你这是被报纸上的那些连续报道绑架了吧？

她用手指点着我，眼睛里是笑，说，看我精吧，造势炒作。

《让儿童病房里有一点快乐的声音》，这则新闻使"草根圆梦音乐会"有了对公众的温度。刹那间她的手机铃声像波浪起伏，有来采访的，有来表示感动的，还有来要钱的。一个母亲说，我下岗了，我女儿想学电子琴，能不能也给点帮助？她对那头没好气地说，阿姐，我一单身女人哪有钱啊，也是牙缝里省出来的。她的那些个朋友则说她搞大了，是不是在学雷锋啊？她对着那头的他们说，屁，苦小孩对苦小孩好一点为什么不可以啊？

不过总的来说她很兴奋，尤其钢琴送进儿童医院病房的那一天，她被一群白血症孩子围在中间，她让他们一个个伸出小手轮流在琴键上按，"叮叮咚咚"的乐音跳跃在飘着消毒水味道的空间里，后来她还站起来给他们唱了一首歌：

小小少年很少烦恼

眼望四周阳光照

但愿永远这样好

一年一年时间飞跑

小小少年转眼高

> 随着年岁由小变大
>
> 他的烦恼增加了
>
> 无忧无虑乐陶陶
>
> 但有一天，风波突起
>
> 忧虑烦恼都来了
>
> ……

小朋友给她一串他们做的千纸鹤。红色的、粉色的、绿色的、蓝色的。

她一手拎着它，一手伸进衣袋里，想掏出点什么来，但没有，她说姐姐应该给你们带点糖果来。

那些记者"啪啪"地给她拍照，她脸上的明媚让你宛若置身白天而不懂夜晚的黑暗。我说过，她对人好起来的时候就是这样子全力以赴，肝胆相照，让你心软。

应姐和我去省歌舞剧院，想请一支民乐队现场伴奏。剧院市场部经理是一个精干的中年人，他对我们笑道，知道知道，这两天报纸上都在报道呢，要不先去看一下我们乐队，他们下午正在排练呢。

他带我们穿过剧院昏暗、陈旧的楼道，去楼上的乐队排练厅。狭窄的楼道两边杂乱地摆放着破损的大鼓、道具，一阵阵乐音在周围回旋，有两三个舞蹈队的女孩擦肩而过，她们含笑盈盈，修长靓丽的体态与这楼里的破落形成对比。经理回过头来说，条件不好，我们这儿练功的条件不是太好。他戴着一副黑框眼镜，笑起来脸上有很深的酒窝，可能因为多年与市场打交道，那眼睛透过镜片好像能洞察到你心里去。

我们站在排练厅外，透过玻璃门，看见民乐队正在练习，《春江花月夜》，旋律场景正在进入繁华，那些乐音被那些脸色恬静的人挥洒到空中，被透进窗子的阳光照耀，在这四壁黯然的排练厅里像一幅水帘灵动飘逸。

应虹在这里站了很长时间，她说，可以可以。她对我点头嘀咕：真的可以，你看他们手上的动作。她就像个小女孩站在百货店的橱窗前不肯走了。不同以往的是，此刻她细声细气，整个人显紧，像被他们震住了气场。

回到经理办公室，经理开了一个价，说，如果是全场伴奏，我们四十人的乐队，价钱五万。

我能感觉到应姐心里吃了一惊，虽然她那么笑着。她看着经理凌乱的办公桌，随手拿起一张演出说明书，饶有兴致地看了一下，她在想怎么回答但又不知从何处还价吧。

我帮她问经理，还能打折吗？

经理扶了一下眼镜架，说，这个价也是考虑你们是个人的，不是单位的，所以已经优惠了。

应姐点头，站起来，说，可以的，我回去再考虑考虑，明天给你回复。

我们出了歌舞剧院的大门。我说，五万哪，你该杀价。瞧她一声不吭往前走的样子，我说，我看出来了，你对着他们是怯场了。

她站在车来人往的大街边承认我说对了，她怯场了，真的怯场了。她说，你看刚才那个女孩弹得多好，那个披长发的女孩。

她脸上是很深的怅然，她对着我摇头，说，算了算了，五万就五万吧，要不然我的脸会没处摆的，你想想，让他们坐在后面给我伴奏，我技不如人，又才给人家那么点钱，心里这么一怯，这还怎么弹下去啊。

　　她说的我全懂，这道理谁都懂。问题是钢琴已经捐出去了，却没想到乐队的钱将大超预算，这可怎么办？

　　我存折上有几万块钱。我对应姐说，我借给你吧。

　　她转过脸看着我，眼睛里是怜悯。她身后是一个加油站，有车子打着喇叭要开进去，她拉我往边上站。她眼里的情感风吹般在瞬息间强烈起来，她握住我的手，说，笨弟，你这么好，你为什么对我这么好？她说，姐有办法的。

　　我说，不要紧的，你先拿去用吧。

　　在喧闹的街口，她伸手拥抱我，答应我如果她没有办法了就借我的。

　　她坐在街心花园的石椅子上给朋友打电话，我去旁边的肯德基买两份汉堡和饮料。

　　等我回来，她说，搞定，一个做建筑的朋友答应赞助。

　　我把汉堡递给她，心里还是很吃惊，我说，这么快就搞到钱了，你这他妈的这些朋友简直就是一家家银行。

　　她咬了一口汉堡，看着我笑。那意思是反正你觉得不怎么样而我还得这样，这不是还好的嘛。她说那个朋友和她约好晚上八点钟在新海风娱乐城碰面，具体详谈这个事。她让我跟她一起去。

　　现在距离晚上八点还有三个小时，我们一下子想不好该去哪儿，就坐在街心花园等着夜色降临。街对面的邮局大楼上电子显示屏正滚动着许多个楼盘的价格，在城市黄昏下班高峰时段遍街的自行车铃声中，它们闪烁着家的含义，只是那么昂贵，仿佛咫尺天涯。我对她说，给个钱还要求去娱乐城，你们这些朋友什么事都搞得这么直接。

她明白我话里的意思，这一次她没有生气，她伸手轻抚我的手背，说现在那些小款都是这样的。她说，你别跟我去算了。

我们去了新海风娱乐城。我是第一次来这里。镜面般的地板和墙面，迷离的光影，一道红色光柱穿空而来，一张张脸在黑暗的背景中浮现，他们有时黏得很近，有时毫不相关。一个女孩在台上劲歌："你是我的姐妹……"应姐挑了一张靠着柱子的桌子，我们坐下来，等待那个叫华哥的地板商人。

我们等到九点十五分，他还没出现。应姐出去打了一个电话。她回来说，还要等一个小时，他正和一个朋友吃饭，他还想让我过去，有病啊，我们都等他这么久了。

我和应姐继续等。台上主持人在抓狂，因为有两帮客人不知怎么回事互瞧不上眼，他们冲着台上那个劲歌女孩开始拼花篮，气氛像要烧起来了。主持人想引开那团火，就邀约台下的"三陪"们也上来献歌。那些穿着黑衣黑裙的女孩上去，一个个扭着腰肢唱歌。有人吼"下去下去"有人喊"好好好"有人说下流话有人把钱插进一个女的长裙领口然后钱落在地上了，有个客人自己也上去唱起来，说这首歌是献给自己的这个好妹妹那个好妹妹。空气中原先的那团火焰，也就像火柴熄灭一样消失了。有个家伙凑过来指着应姐装作认识的样子叫起来，哟，你怎么在这里啊？

　　应姐没理他。她拿着手机在给华哥发短信。华哥没回。应姐出去打电话，隔了一会儿，她气鼓鼓地回来对我说，妈的，他说今天公司出了点事，公安的人找他，他不过来了，妈的，骗子。

　　我笑笑，仿佛知道答案，而此刻终于眼见它浮出水面。我站起来想走，而刚才那个家伙突然拿着一瓶酒过来，说要送给应姐。他往她面前的玻璃杯里倒，她看了他一眼，拿起来一口喝掉，像浇灭心里的火一样倒下去。她对他点头笑笑，给了他一个眼风，说，你请客？他说，当然当然，我请你。他眼睛里只有她而我成了空气。好，今晚你请客。应姐拍了一下他的肩膀，拉起我准备离开。她就这样把账单赖给了这个不相识的傻瓜。我可不愿意这样，我们也没消费太多，也就一个果盘，两杯汤力水，一碟开心果。我伸手去掏裤袋里的钱包，想找服务生。服务生在远处。应姐回头看我想买单，就推我重新坐下来。她不知怎么想的，她对我以及对那个还没搞清楚是怎么回事却想跟着她走的家伙说，姐得上去唱首歌，这见鬼的晚上。

　　她上台去，唱了一首《我爱你，塞北的雪》。现在我已经知道她是学过音乐的，不管学到哪种程度，比我们一般人要好得多那是不言而喻的。一曲唱完，黑乎乎的娱乐城里静了一会儿，一是这歌的严肃气场和这里不一样，二是她的嗓子在这好音响下被显出来了。她回到我们这张桌子，而那个端着酒杯的家伙以为这歌是她献给自己的，就爽歪歪了，他把酒杯往她面前放，说，喝喝。应姐推开酒杯。那家伙的脸都快凑到她的脸颊上了，他说，有气质，你很有气质。应姐可没想惹他包括惹自己生气，她把头往后仰开，她的嘴巴吃惊地微张了一下，因为那家伙居然递给她厚厚的一刀钱。他说，明天你也得来这里，我也会来的，咱们说好了。

应姐让傻了眼的我去外面给她买包绿摩尔，她说这里面可没有。我心里一边恶心那家伙用钱砸妞一边觉得真不该来这里。这暧昧的空间里烟雾缭绕，透着一股妖气。我走到酒台这边时，胳膊突然被人掐住了，我回头看是应姐。她攥着我的手臂，说，快跑。

她脸上的紧张神色让我不分青红皂白跟着她就跑。跑到门外拐了一个弯，她气喘喘地说，我告诉他我去上厕所，就溜了。

她给我看她另一只手里拿着的那一刀钱，她刚才就这么一直抓着它一路狂奔。她说是他给我的是他给我的。那样子像一个正在声辩的小孩。我们跑到万生路口，回头看，后面没有那个家伙跟着追过来。我们继续跑，前面是灯火灿烂的夜市和城市新综合商业广场。我们挤进逛夜市的人流中，因为剧烈奔跑和紧张，心还在"怦怦"地跳。我们顺着熙熙攘攘的街道飞快地走，有很长的一段时间我们不知这是在去哪儿。我们走过珠湖路口，还在走，在华灯怒放的街头，我们像两个坏小孩，想找一个幽暗角落隐藏自己喘一口气。新建成的宝安电影大世界门前悬挂着《泰坦尼克号》的巨幅海报，杰克和露丝相依偎在夜晚时分街道的济济人头之上。我们决定去看电影。这是个好主意，那人不可能找到影院里来，而且，在黑暗中消化刚才自己遇到的事，让狂跳的心在他人的故事中忘掉一下自己的不适，是个好办法。

看完《泰坦尼克号》后，我们还真的暂忘了这像波浪般的一天，包括剧院眼镜经理、华哥，以及那厚厚一叠、此刻藏在她身上的钱，因为我们在谈论这部电影。她认为，结尾不错，露丝把杰克的手指扳开，留下死去的恋人，带上恋人的遗言游向新生，而不是殉情，这很真实，这说明活着就是很好，照顾好自己也是对得起别人。

她的理解让我别别扭扭。她对影片的激动更有一点出乎我的意料，她说最动人的是影片中的等级差别，比如头等舱和末等舱界线分明。不平等有什么好玩的？她不知如何回答我，因为她只是直觉，直觉喜欢，说不出所以然。

我和她从影院的台阶上下来，夜色已深，夜市已经打烊。我想着头等舱和末等舱，突然发现自己其实也挺喜欢这个阶层感。因为差别分明的人们在灾难面前变得绝对平等了，谁都逃不了，谁都别想跑。我喜欢这种感觉。我把手搭在她的肩膀上。马路对面，开夜排档的人支起了餐车，油炸臭豆腐在街上飘香。我突然亲了一下她的脸颊，她没在意，因为她若有所思。我以为她还在想电影，这真是一部好电影，那样浓烈的感情让人容易沉浸。我紧紧搂着她的肩膀，这是情绪起伏很大的一天，我扭转头去亲她的嘴，突然奔腾起来的情感让我无法遏制。她移开头，眼神有些迷糊，她告诉我，刚才在影院的黑暗中她大致数了一下，那一叠钱有一万块。她说她可再也不敢去新海风了。

第二天下午，她打电话给我，说演奏会短缺的资金她已经搞到了，当然不是那个地板商华哥的，而是一个义乌小老板老海，给了七万块。那个华哥被她在电话里奚落了一场。她说，老娘不要你的钱了……

她每次说这些的时候我就觉得郁闷，我没好气地告诉她，我不是说了吗我借你我借你我非得借给你你总向那些朋友要钱而不向我要这是不是说明我不是朋友而他们都是。她在那头叹了口气，说，我一定是你妈妈最恨的人，我怎么可以用你的钱？

我两天没理她，结果她答应我资助她三千元钱，用来帮做演出说明书和海报。她拿出了一些艺术照让我挑选，它们大都拍摄于最近两年。我去剧院的橱窗研究别人的演出说明书和海报，回来后告诉她该放几张老照片：否则你的艺术人生没有来历的。

她说，要什么来历啊？

她虽这么说着，但还是去箱子里拿相册。相册里几乎全是她自己的单人照，除了我和她在D镇的一张合影，还有我的一张证件照片，那照片上的我看上去是那么稚气。她居然还留着它，这让我很感动。她点着我的脸，说，是你的我当然要留着，因为是我把你带坏了，对不起。

她亲了我一下，就避到美人靠的那边。她用手指灵巧地拨了两下古筝的弦，几个音符跳到了空中。

相册里没有D镇之前的照片。她弹了一会琴，想起了什么，从箱子里找出一本书，《简爱》，书页里夹着一张照片，她说，这张，你看看，噢，不行，太土了。

那照片上她扎着两个小辫子，和几个同学老师站在一排土屋前。如果不是她指给我看，我还真的不知哪一个是小时候的她。中间站着的清瘦老师就是汀洲老师。她说，古筝就是他教的，这是我们以前的小学，破烂吧。

我说，就用这张照片吧。

她惊叫道，不行，我也太难看了吧。

我说，那么小，谁看得出好看难看。

她说，我说的是衣服。

照片是80年代早期的感觉。她穿着一件有四个口袋的上衣，歪歪扭扭，裤子大其短，露着脚脖子。

我说，要不就用一个头部。

她用手挡住照片的下端，端详着，然后摇着头说不行。她指着照片上的老师说，要不演出说明书上就用汀洲老师的图像吧，把别人切掉，剩下他就行。她说既然这个演奏会是他托梦的，那么就给他留个地儿，照片小点好了，配图文字是"师从传奇大师、古筝隐士陈汀洲"。她说，这辈子要说对不起，最对不起的是汀洲老师，当然还有就是你了。她用手指点着我，眼睛里有温柔，那样子让我瞬间心软，我站起来向她张开手臂表示不要这样想，拥抱一下吧。她摇摇手里的照片，遏制自己的伤感，说，别这样。

她依然买不到适合舞台表演的古筝，于是去省歌舞剧院租了一台将就。她进入每天排练的阶段。而我也印好了说明书和海报，帮她贴满了音乐厅的周边。

待一切准备就绪，就等周末演出正式开场。现在应姐最担心的是音乐厅两千个座位由谁来填。我们在开始的时候居然没想到这点。

是啊，又不是什么名师大家，即便是，这年头也没太多人来看民乐。我建议她别出售门票了，不是说"草根圆梦音乐会"嘛，来自草根，回报草根，那就赠票吧，门票放在音乐厅门前，爱看的人自取，意义也好。

她一直昂扬的脸上此刻在苦笑，她说，意义是好，就怕自取也没太多人来。

许多事就是这样，想着有趣，做着做着就乏劲了。从金色广场公寓的窗口望下去，旁边写字楼里不知哪家公司的员工穿着西装正在中心广场搞团队训练，一个小伙子站在一条凳子上，众目睽睽之下，举着手在喊着什么。我知道他在喊自己的名字，然后加上一句"我会成功的"。那声势虽然可笑，但你望过去的时候，不会可怜他们，因为他们的年轻和没有本钱。好似他们生该如此。

应姐安慰我也安慰她自己：做点事都是这么难的，主要是咱力量不够，否则去拉几车人来捧场。我笑起来，说，这又不是拉民工去排队买股票。她可没笑，她脸上虚弱与倔强交织的神情是我熟悉的。我对她说，你给我留一个第一排中间的位子。

她说，那当然，姐知道的，这还用你说，只有你铁杆给姐捧场，只有你。

星期五那天我去韶关出差，我告诉她第二天晚上演出前我一定回来。

我去了韶关，然后坐汽车到了X小镇。我在街边找红风中学，因为在应姐那张老照片上的土屋门旁，就挂着"韶关X镇红风中学"的牌子。一家杂货店的女店主笑着跟我说，红风中学？那是我读书时的中学，现在早没了，被并进实验中学了。

我去实验中学打听陈汀洲老师的信息。校办公室的人说，他早退休了。他们很奇怪我一外地人怎么大老远地来找他。我说他从前的一个学生要开音乐会了，让我来请他光临。

这消息几分钟内就传到了校长耳朵里，他带着一个年轻老师过来，说，我让小谢老师带你去他家。校长问我，这学生叫什么名字啊，这么出息啊。我说叫应虹。他们想不起来，但依然在那里高兴，他们说，让汀洲老师拍点照片回来，我们这学校还没出过这样能表演的人才。

　　陈汀洲的家在石板巷一座木结构楼里，看不出木楼建于哪个
年代，灰暗的柱子和黑瓦已呈残相，堂屋光线黯淡，外墙上爬满
了青藤。正在院子里洗衣服的就是陈汀洲。

　　他听见谢老师叫他，就抬起头来。与我想象中的仙风道骨完
全不同，如今他是一个大胖子，上了年纪，脸上挂着明朗的笑。

　　他甩了甩湿淋淋的双手，拿过一块毛巾擦干，来握我的手。
他听明白我的来由，很纳闷自己有这样一个学生。应虹？他摇摇
头，记不得了，我的学生？想不起来哪一位这样有出息了。

　　他的眼睛里似乎在一个个地过滤那些年月里那些稚气的脸。
那眼睛明亮得似流光溢彩，它们让他脸上的明朗呈现了乐呵呵的
质地。他摇头，好像还是想不起来。应虹？不会是应招娣吧？

　　他说，一定是应招娣，一定是她，小时候弹古筝算她最肯
吃苦。

　　我说，她记着你。他哈哈笑道，那当然。他邀我上楼坐。他
说学生们就像一茬茬作物，回过头去，其实记得每一个人，如果
你们说招娣的话，那我就会马上想起这个人的。

　　应招娣家是很苦的。他说，有一次学校演出前，她为没有一
件像样的衣服悄悄在哭。同学来告诉我，我让爱人李老师把自己
的棉袄包衫借她穿。她不要，说，我有的我有的。结果那天下午
她步行十里路去城关亲戚家借，回来的时候，只借来了一件化工
厂的工装。

　　越过窗棂的光线落在破旧房间的南侧，墙角有一架古筝泛着
幽幽的光泽。汀洲老师给我泡的茶叶在水杯中舒展。我的心里开

始跳起来，因为望过去那古筝一如寻常，看不出什么特异。

他说，她从小好强，所以有今天这样的好成绩。我记得有一年放暑假的时候，她对我说下学期不来上学了，因为家里不让来了。山里人家太多这样的情况，女孩子早早退学，干农活或去外面打工。我觉得招娣可惜，就去她家家访，走了十几里山路，到她家一看，老少三代，家徒四壁，我自己也没太大信心劝了，我只对她爸说了一句话：她这一生只有一个十五岁，过了这个十五岁，就再也没有了……

汀洲老师的目光也落在那架古筝上，他说，也因此，她得以继续读书，后来考上了县中文艺班，再后来，我们就不知道她的去向了，因为她再也没回来跟我们联系过，但我知道这学生记得我，一辈子记得。

他再次哈哈笑起来，声音在房间里有"嗡嗡"的回音，他说，我知道这个小孩的脾气，如果不来找我们，那是因为她觉得自己还没做到最好，如果好了，她一定会找回来的，你看，这不就来了。

他和我想象中清瘦忧郁的汀洲老师很不一样，与照片中的也不一样。面前的他让我觉得家常、轻松。我指着那架古筝告诉他，应虹提起过这个，经常提起。

他哈哈笑起来，说，那当然，当年她靠这个考上了县中的文艺班。他站起身，走到那架古筝前，我跟过去，现在我看到了它的古朴光泽。他伸手捋了一把弦，无数个乐音如水珠一般在这楼里飘浮开去。

我听到自己的声音在莫名其妙地发颤：她找遍了全城，也没挑到你这样的琴。

他说，是吗？怎么会呢？

我说，能借一下让她明晚演出时用吗？

他用手掌轻抚古筝，看着我，脸上有一丝诧异，他说，既然她觉得它好用，那么我们明天去的时候，给她带过去吧。

他告诉我这筝他用了五十年。他朗声笑道，呵，也可能是经那么多小孩子的手抚过，沾了灵气，所以大家都觉得它好听。

第二天早上，我和他扛着古筝坐公共汽车去韶关。到韶关后，原本想去火车站乘火车，但我看乐器笨大，加上心急，就在街头拦了辆出租车，直奔千里之外。

汀洲老师在心疼钱，他坐在前座，我抱着乐器坐在后排，从我这里看过去，他似乎在为这上千块钱的车费不安。其实我也心疼了一会钱，但我今天是想办事的，办一件大事，最好让应姐惊喜到晕过去。更何况，即便我再是乐盲，也知道这乐器早点送到，她还来得及多练习几把。

车子一路向南，窗外飞快掠过柠檬桉、甘蔗林、山坡、河流和城市，这个世纪都快结束了，这窗外的世界眼看着繁华起来，风在我们耳畔"呼呼"响，这样奔波仿佛是在赶往尽头。

出租车停在音乐厅的大门口，现在距离演出还有三个小时。

我扛着古筝领着老人进入音乐厅。他比较胖，一路坐车，有些累了，脚步不是太灵，嘴里一直在朗声笑着，很高兴来赶这个学生的场子。我带着他慢慢穿过前厅，空荡荡的前厅里竖着一大张海报。应姐在海报上仰望天空，嘴角挂着一丝高傲的笑意，她眼神向上，一袭白色纱裙衬着她飞扬的乌发，身旁茂盛的碧绿藤蔓像海浪一样翻卷，这使她也像一株植物，正在向上生长。汀洲老师对着海报发愣，说，这是应招娣吗？

海报上写着"圆梦——应虹古筝抒情音乐会"。

汀洲老师说他实在认不出了，这哪像当年那个小姑娘啊。他哈哈地笑着自语。

海报底部写着："师从古筝传奇隐士、大师陈汀洲"，风格空灵高远。

传奇隐士、大师？胖胖的汀洲老师看见了自己的名字，吓了一跳，他脸都红了，说，看把我说的，这个招娣啊。

我说，这是她惦记着你。

他对我摇手，说，那可出我洋相了。他赶紧离开海报，好像后面有一群人要围上来似的。

音乐厅里空空荡荡，几盏射灯打在红丝绒的椅子上，台上灰蓝色的天鹅绒幕布低垂，四下静谧，有着高雅的格调。它显然震住了老人，他小心翼翼地站在过道上。他说，高级，这么高级。他说后悔上午来的时候太心急，忘了带家里的那只傻瓜相机。

我让他在观众席先坐一会儿。我扛着古筝先去后台，我得让剧场人员把它安放在舞台上。我告诉他，等我搞好后带他先去吃饭。他坐在那些空椅子中间，向我乐呵呵地挥了一下手，那意思是你去忙吧。

我飞快地走向后台的化妆间，应姐是个急性子，我估计她可能已在那里做准备了。化妆间里的镜子，映着我扛着一架古筝进来的着急样子，房间里空无一人。化妆台上放着她的那只黑色大拎包和一堆发夹什么的。我把古筝先留在这里，然后转身去舞台上找她。走廊里一个工作人员正迎面过来，我问她，演员来了吗？她说，来了，刚才看见过她，是不是在舞台上调音哪？

我顺着通往舞台的过道走过去，层层帷幕遮住了剧场前方的光，使这里显得幽暗，我的眼睛一下子适应不过来这里的暗色，但我听见了她说话的声音。

我走过去，我想象着她听说我带来了那架古筝后激动得要昏过去的样子，更何况我还带来了她的老师。

我听见了声息。台上幽暗的灯光映照着她和一个男人搂着缠绵的剪影。她坐在那里调音，那男的从后面搂着她的脖子"嗯嗯哼哼"，像头大熊。她把他推开一点他又把她拉过来一点，继续低头"嗯嗯"着。她说，好了好了老海……

我咳了一声，走开去。我相信她听到了。我感觉得到帷幕的波动。我疯狂的大脑里有热浪滚涌。我在心里骂自己犯贱发傻。恶心永远是她的形容词。我想着那个正在幕布外观众席上等待着的乐呵呵的老人，不知待会儿怎么收场。我心里又是多么庆幸把她的老师弄到了这里，就算羞辱她，活该。

我从后台下来，看见老人坐在座位上，眼睛盯着幕布，好像戏已在上演。戏真的在上演，只是它在幕布的反面。这想法让我想吐。我对老人说，应虹还没到，估计在美发店做头发，古筝已经放在后台了，我们先去外面逛一圈，看看街景，等一会再来吧。

他对这提议感兴趣，他笑道，好的，好的。我们出了音乐厅，门外是车水马龙的大街。老人跟着我走，横穿马路时步态犹豫，显然不适应城市的杂乱喧嚣。他胖乎乎的身材，脸上笑呵呵的神色，就像你家最普通的亲戚，这使我心里突然对他是那么同情，同情他等会儿要看到那个曾是学生的女人，同情他此刻的期待和满心欢喜，同情他的一切，也同情自己的荒谬。

我们准备在音乐厅对面的街心花园坐一会儿。我让他在紫藤花架的长椅上坐下，我去给他买瓶水。我回来的时候，他指着面前的马路告诉我这座城市他已经有三十年没来了，在课堂上，他和同学们总是说到它，希望他们能好好读书，以后到大城市去。他突然又哈哈乐起来说，如果他们真的来这里打工，那我就担心他们过马路。

正说着，我口袋里的手机响了。事实上我等它响已经等了好一会儿了。果然是应姐。

我拿着手机，我听到手机里她激动的声音：死鬼，你让我要疯了，你从哪里搬来了那架古筝？

我说，你别管。

她说，是洲老师的古筝！上面刻着他的名字。怎么回事啊？我啥都不知道，到底是怎么回事啊？你搞了什么名堂？

我说，我搞什么名堂？你和老海在台上才搞什么名堂。

她可顾不上我的情绪了，她说，你从哪儿把琴搞来的？

我说，你知道陈老师就在我身边吗？

她叫了一声，天哪，洲老师被你叫来了？

她的声音像冬天锐利的风声，天哪，你叫他来了，你们在哪儿？

我想象得出她此刻抓狂的样子，她修长的手指一定在胸前下意识地做着激烈的手势。我听见她在说，死鬼，你让我要疯了，我可不能让他看到我。她那凌乱声音里的焦虑气息仿佛在将她吞噬。她突然就在那头哭了，洲老师我的洲老师我可怜的洲老师，你怎么来了？我是闹着玩的，你怎么就跟着他来了……

她说，我完了，我今天晚上什么都演不了了，你把他弄到这里我什么都演不了了，你这个疯子，你是不是报复啊？你知道吗，我现在谱子都记不得了，脑子里空了，你对姐好也不能这样好，我知道你对姐好，但这样好我受不了了，我怎么受得了他坐在台下，我弹成什么样，他一听就知道，我要出洋相了，大洋相了。

她问我，你们在哪儿？

我说，我们就在音乐厅对面的花园里。

她又叫了一声，说，你快点陪他过来。

我陪汀洲老师来到后台。她站在幽暗的过道里，脸上交错着激动、惊愕、不知所措的表情。她张开手，想拥抱的样子，她嘴里说，天哪，洲老师你来了。

我好像还听见她嘴里在嘀咕，洲老师，你怎么这么胖了？

老人"哈哈"地大声笑着，那声音像一阵山风在后台回荡，他说，招娣，是你吗？他说，老师老得你认不得了吧？

老人胖胖的样子，显然让应虹眼生，所以她好像有些犹豫。老人走过去，应虹伸出一只手握住汀洲老师的手，说，你不说我还真认不得了，你什么时候来的？

汀洲老师指了一下我，说，小伙子打的带我来的，还带了筝过来。

应虹脸上就有了似笑似哭的表情，她看着汀洲老师，好像在使劲地对照着自己印象中最深刻的那个老师的影子。她接着就真的哭了，她泣不成声，你怎么不说就过来了？你怎么这么远就把筝给我送来了？我都没怎么准备好你怎么就来了？她伸手拥抱了胖胖的老人，像个小女孩般嘟哝：待会儿演出可能会很难听的，你可不能生气。

汀洲老师哈哈大笑，生气？哪会啊，老师一进这门，就高兴得不知怎么样了，哪天你也得帮老师办一场音乐会，老师也想演出哪。

应虹破涕为笑，我也跟着大笑起来。老师胖胖的幽默的样子哪有她念叨的那隐逸诗人般的忧愁。汀洲老师说，看你在外面的海报上把我吹得，出洋相出洋相。

应虹脸红了，她说，在我眼里你本来就是嘛。

汀洲老师笑着摇头，然后问，我带来的古筝有没有试过？

应虹说，还没来得及呢。

于是我赶紧去化妆室把那乐器扛过来。我们把它架在舞台上，应虹坐下，用手指弹挑那弦，一连串的乐音在此刻昏暗的舞台上回旋。我和老人站在她的两边，我们好像注视着这些声音从幕布上弹回来，消失在空中。应虹试着，她好像有些迟疑，她轻声说，好像不对。

是的，好像没想象中的神迹光临。闪烁着古朴光泽的它在此刻的舞台上显得很寻常。她又试着，《春江》。那些音在空中飞舞，好像与她家里的那架乐器没什么区别，甚至有些涩。汀洲老师俯下身，听着，点头，说，对的，好的。应虹却站起来，走到搁在旁边的那架向歌舞剧院借来的古筝前，顺手试了一把，想比较一下看看。"叮叮咚咚"。连我都听出来了，这后者的清晰、明净。

汀洲老师侧转耳朵，叫起来，还是这把好，这把好，比我们自己的这把好。

汀洲老师对我说，人家的好，好太多。

正说着，音乐厅经理从舞台侧边走过来，叫应虹去吃饭。他说，记者们和市文化局的李副局长、市群艺馆的汤馆长、区文化馆的王馆长都已经来了，一边吃一边谈，在旁边的丽风酒店。

应虹看着我和汀洲老师，好像在犹豫我们跟着去是不是合适，好像在犹豫这胖胖的老人与海报上"传奇隐士大师"间的匹配感。我看她这样子，就说，你去吧，洲老师我来陪。

她走过来，拥抱了一下胖老师，好像很抱歉的样子，说，那我先过去了，演出后我们一起吃夜宵。

汀洲老师朗声而笑，挥手道，好好好，你去吧，领导那边重要记者那边重要，我这里你不用管。

应虹和经理他们先走了。我和汀洲老师走向那架从家里带来的古筝，此刻它像一个失宠的乡下小孩，委屈地待在这华丽的舞台上。

我在心里后悔把他和它带来。汀洲老师似在安慰我俩，城里有的是好乐器，哪还会是这把好。

我说，那是她心里念着它的好。

胖老师"哈哈"笑起来，他说，对对对，你这小伙子说得不错。

因为丽风酒家紧挨着音乐厅，所以我带着汀洲老师也去了丽风。我们坐在大厅里。我点了一条清蒸鲈鱼，一个茄子煲，一个清炒苦瓜。突然，我看见一群人声势挺大地从门口进来，老海、小任、强哥、马哥，这些应姐的朋友，他们呼啦着进了左侧的包厢。我猜测他们原本是来为应虹临阵设宴加油的，只可惜应虹现在可没精力和他们混。应虹现在和文化局李副局长、市群艺馆汤馆长、区文化馆王馆长、音乐厅经理及十多位媒体记者坐在右侧顶头的那个包厢里，谈"文化场所的大众服务意识及草根的艺术理想"呢。

我和汀洲老师有一句没一句地聊着，吃着。耳朵收集着来自那两个包厢的声音，我听到了各种笑声。那笑声在我耳畔声响太大，以至于我无法直视面前的胖老人只与我这个陌生者坐在这里，好像他是被她冷落了的乡下亲戚。

我看见小任老板和老海老板端着两杯酒，到右边的那个包厢门口想进去给应虹敬杯酒。应虹可没给他们进去的时间，她自己端着杯酒出来，把他们堵在门口。她脸上已化好了妆，精致的发式上闪烁着钻石般的星光，穿着一件旗袍款的青色礼服。她把手里的那杯红酒举起来，在门口对他们相视而笑，像女神一样让他们服帖，和他们干了一杯，然后把他们打发了。

可能是汀洲老师见我心不在焉老是往那个包厢看，就说，她在忙，我们别管她了，你吃这鱼，这鱼这么好，不吃光很可惜的。

我看着面前这位她无暇顾及的胖老人，觉得今天自己把他请来有点多事。我就对应虹有些抱怨，我说，她总这样乱忙，折腾。

他拍了一下我的手背，笑起来：她忙成这样了，这总是好事，有事做，像我这样不折腾，一辈子就在小镇上了，哈哈。

他哈哈笑着，开朗的脸上带着经历岁月洞悉的了然，他自嘲着像是让我放松，他说，她忙成这样了，只是不知道待会儿演出时，她心静不静得下来。

突然我看见应虹从那包厢里出来，她锦绣华衣，穿过热闹的大厅向我们这桌走过来。她手里拿着一瓶酒，说，我过来敬敬老师。汀洲老师闻此言站起来，神情郑重。他看着应虹把红酒倒在杯子里，说，谢谢，谢谢。他喝下去，还呛了一口，看得出他平日是不喝酒的。应虹看着他的样子，突然眼泪流下来，她说，洲老师，我记着你的好的，每年每月都记着。他说，我知道我知道。她说，等下演出我演得不好，你别失望啊。

她凌乱的样子，好像让汀洲老师吓了一跳。胖老人哈哈笑道，哪里哪里，我刚才已经说过了，你都是大人了，我们怎么批评啊。

他向那边的包厢方向努了努嘴，像几乎所有的家长在这种场合里明白的一样，说，你赶紧去张罗那边吧，很重要的。

我和汀洲老师吃完饭时，那两个包厢里的饭局还没有结束。

我和老师出了餐厅，走进音乐厅的时候，我吓了一跳，原以为空荡的观众席，此刻"叽叽喳喳"的，像来了一大群小鸭，那些小孩子身穿印着"白云民工小学"字样的校服，占去了约二分之一的座位。我还看到了儿童医院的王院长和小病友们，他们中有几位手里还拿着一枝枝玫瑰。估计他们是来感谢应虹赠送他们钢琴的。因为他们的到来，一眼望过去，音乐厅前排是满的，像开始滚着的水，溢着欢喜的气氛。这场面恍若梦境，换了谁都会被感动。我忘记了刚才在餐厅里的纠结，甚至觉得她真挺棒的。

那些小孩穿梭于座位中间，在剧场的华灯下，天真嬉闹着。后来我回头时，突然就看见应姐披着件黑色大衣从门口进来，沿着左侧道朝舞台这边走。在一片小鸭子般的声浪中，我清楚地看见了她脸上和她全身所呈现的刹那间的惊愕，她身后的那些家伙瞧着这场面可能觉得挺逗的，在笑。她用手掌捂了一下脸，只有我知道她可能有想哭的冲动。因为她担心了多少天无人光临的难堪，现在消失了。

她上场了。华丽的灯光使她旗袍上的珠串闪烁着一道道炫目的光彩。她含笑点头，我说过她这人有压得住的气场。她在汀洲老师的古筝前坐下，侧转脸向身后的乐队示意。那份优雅从容，将这几个小时以来的所有凌乱遮挡得不露一丝痕迹。

她修长的手指开始挑拨，几个音符浮出水面。她埋首于那架古筝，在多数时间里，她没怎么抬起头来，那些乐音旋转在她的身边，感觉得出她的小心，紧张，和控制不住的赶。

有那么一两个瞬间，她在演罢一曲向观众点头致意时，目光飞快地移向了第一排我们这边。她微凝着眉，在我看过去像个可怜的学生在观察老师的反应，然后还微吐了一下舌头。

事实上，多数时间里，我没在听，我在留意身边汀洲老师的反应。其实他没反应，至少我没看出什么反应。他一改我和他相识以来这十几个小时里的乐呵呵样子，此刻他闭着眼睛，没一丝声息，唯有手指在椅子扶手上有轻微的弹动。

我实在忍不住了，趁后面有小孩子说话，就凑近他的耳边轻声问，还行吗？

他睁开眼睛，瞟了我一眼，是地地道道中学老师的眼神，严肃，锐利，没了先前的宽厚幽默。他没吭声，没理我。后来他反应过来，对我轻语：力度比以前好，力道很大，像个男的在弹。

他说自己还真的没听她这么弹过。

他没听她这么弹过，他一定也没看见过乐曲与乐曲间隙如此沸腾的观众场面，那些小孩在校长的带领下拼命鼓掌，他们甚至带来了开运动会用的小喇叭、口哨，就差喊"加油加油"了。台上的应姐似乎被这些天真的声浪吓得又感动又害羞。汀洲老师回头看了一眼后面的那些小孩，鼓了一下腮帮子，可能觉得诧异。

现在她开始弹奏《江流》了。这个曲子我在她公寓里听她反复地练过，开头部分是空旷的感觉，天高地远，山路弯弯，一条江流从山下而过，寂寥春深，水声清扬。她虽没对我明说过，但我知道这是她重视的曲目。因为有一次我说，你怎么总练这个，别的曲子呢？当时她嘀咕了一句：汀洲老师那时如果知道我能把它带进音乐厅，他不知会对我有多好。现在她的手指在台上闪动，挑拨出一串串滑音。它们像水一样漫过来，悠闲自在，渐渐摇晃，水流悠悠地传响，与山间自由的风声、鸟鸣呼应……这清亮江水的源头，就是此刻她指尖下的古筝，这架童年时代抚过、今天下午从千里之外搬来的古筝。虽然她埋首弹奏，但她的身体在抖，我坐在第一排看得真切。也因此，我感觉今晚她弹得比较赶，那水流也在拼命往前跑。我扭头看了一眼汀洲老师，他依然闭着眼睛。他可能察觉到我在留意他，他以为我想问什么，他向我转过头来，说：力道大了，太大了。

与她指尖无法遏制的狠劲儿不一样的是，演出中有女性化的花絮。一捧捧硕大的花束被她那些哥们儿送上来了，它们堆在古筝边上；一只只花篮被礼仪小姐抬上来摆在舞台的外侧，每抬上一只，老海就在后排大喝一声"好"，吓得那些小朋友都不敢把一小枝一小枝的玫瑰献上来了。

　　一个多小时后，她就演奏完了所有的曲目，她站在舞台上向我们招手，宛若明星谢幕，伴奏音乐是《难忘今宵》。后来她走到台前，向坐在第一排的汀洲老师挥手。应姐把手伸下来，她扑闪着假睫毛像个洋妞，脸上似哭似笑，说，洲老师。

　　老人站起来，向她走过去。这时有一堆人引着一个穿藏青色夹克衫的中年男人从舞台那一边走上台去。有人在说，市长来了，市长来了。原来是音乐厅请来的分管文化的副市长徐小军。这些人鼓着掌向舞台中间走去。应姐伸向台下的手被台上乐队的人拉住，引到领导的边上。徐副市长握住了她的手，说，这个圆梦音乐会，是咱老百姓自己的音乐会，它的意义和去维也纳金色大厅搞音乐会没有什么不一样。他环视周围那几个记者，说，应虹圆梦音乐会，说明大众的文艺梦想需要土壤，给点阳光，才能灿烂。

　　徐副市长在说这些的时候，握着应虹的手。他温和的目光透过眼镜片，让人感觉他为普通人能开这样的音乐会由衷高兴。徐副市长今天有点滔滔不绝，他说，高雅音乐不能远离大众，这个音乐很高雅，最高雅的是它来自民间。记者在一旁飞快地记着，音乐厅经理建议徐副市长去贵宾室，在那里可以坐下来好好谈这个主题，这个主题很重要。于是一群人和她从侧台往贵宾室走，那些小朋友在台阶下终于送出了他们手里的花枝。她蹲下来，亲了他们中的一个的脸颊。她仪态万方的样子很压得住场，她被一群人围着，甚至比刚才在台上的时候更有光芒，真的是给点阳光就灿烂了。她走到侧门边上，一定想起了我们。她转过脸，向我和汀洲老师这边招手，看她的嘴形像在说着什么，她是说不好意思，还是说让我们等她，她马上就会回来？

她和徐副市长他们去了贵宾间，留下小任老板老海老板等等一堆朋友，以及我和汀洲老师在舞台跟前。

看样子老海老板小任老板他们还等着带她出去喝庆功酒呢，而我等着她请汀洲老师吃夜宵。小任老海他们在面面相觑，说，她怎么那么能谈？看样子她明天又要上报纸了，真的要成新闻人物了，要出洋相了。他们商量去侧门那边等她。结果他们走了。

我让汀洲老师在座位上等我，我去后台化妆间把那架从老师家里带来的古筝扛回来。

我扛着古筝回到观众席的时候，发现几分钟前还热热闹闹的这里，散场后瞬间空旷，一眼望去恍若梦境。汀洲老师坐在位子上，微闭着眼睛，可能是累了，也可能在回想刚才的那些乐音。见我走近，他就站起来，非要从我肩膀上拿过古筝自己扛。胖胖的他像老农扛着农具，他对我温厚地笑着。音乐厅里的灯此刻正一盏盏地被关去。他说，要不，我先走了。

他说他想坐火车回去，现在回韶关的火车还有，他知道的。

我吃了一惊，说，现在走？宾馆我已经订好了。

他说不麻烦了，已经很高兴看了音乐会了，也看见她了。

他脸上的神情有些固执，我想看出那固执的后面是否有些什么东西，想看出它与刚才那些乐音、与她离去的背影之间的关系。可是一下子看不出来。于是我劝他别走，应虹那边马上就结束的。

老人冲着我笑。他说走就执意要走。他扛着古筝往音乐厅门外去。我心里一百个突兀，不知如何是好。他回头宽慰我的纠结，他说，已经很好了，这么好的剧场，我都进来过了，招娣她我也看过了，托你的福哪。

我说，你别这样走，我得和应虹打个电话，否则她要怪我的。

他已经走到了音乐厅外，他的脸上是为自己的决定而不好意思的神情，他说，别给她打电话了，她在忙，领导在谈话呢，我想早点回家，不麻烦你们了，四个钟头一眨眼也就到了，一到家就安心了。

我说，你这么走，她会失望的，我相信她也想听听你的意见呢。

他哈哈笑起来，从演出开始到现在，他这是第一次又这么朗声而笑了，他说，好和不好，都是相关的，其实她自己都是知道的，我洲老师教出来的学生这一点是知道的。

正说着，我的手机响了，我一看是应姐。我还来不及告诉她汀洲老师想回家了，就听见她在那头说，你帮我陪好汀洲老师，我还得晚点过来，音乐厅张经理为徐副市长安排了夜宵，说是为首届草根音乐会办的庆功酒，我不能不去。

汀洲老师坚持要回去。我劝不动老人。情绪起伏的这一天，有无数瞬间我在为请他过来后悔，再说谁知道应姐什么时候过来，谁知道她过来了最后大家是不是开心，而就目前看，最后开心的事都不会太多。所以我心里也在犹豫，隐约希望他飞快地回到那个小镇去。

我就顺了他。我想，是我自己找麻烦，把他带过来。我很愧疚地去抢他肩上的古筝，并挥手拦了一辆出租车。我们去了火车站。他一定要付打的费，我也顺了他。我们买到了晚上十点钟去沈阳的车，路过韶关是深夜两点。他说，不要紧，因为儿子家在韶关。

现在离开车还有一个多小时，我和他坐在候车室里。夜晚的车站像一个流动的水池，明晃晃的灯下，流动着一张张恍惚而疲惫的脸。车站广播员拖着悠长的鼻音报着车次。我按捺了很久的疑问终于可以问了，我问他这音乐会怎么样。

他清亮的眼睛里闪着我想要的意味深远，只不过他说的是另外的事，他说自己总是教小孩子要表现超群，但这个心念如果太强了，力用下去就会过猛，反而没了绵长一点的味道，太抢了就没了意境，这有点矛盾，确实也很难，是不是？

我知道他的意思，因为我了解应姐。我去车站小卖部给他泡了一碗方便面，回来的时候，见他坐在人群中守着那架古筝，一直乐呵呵的脸上透着一点落寞。我想应姐是不是还在庆功宴上。我以最大的恶意恨这不顺心的一切，我真他妈的不该管别人的事。那些事就像这一刻车站里的人群，你不走近，他们是风景；你若走近，都有破碎。我真他妈的该让一切PASS，把那个女人从我的脑袋里切除出去，否则就是这么难熬的一天天，要到哪天结束。

三十分钟后，我送老人上了车。我想象他一个人坐在车厢的角落里抱着他的乐器在发愣在打盹。这样的画面让人无比牵挂。

我从火车站出来，去公交站坐车，准备回宿舍。半路上，手机响了。我看了一眼，是应姐。我故意不理它。它跟着我一路大呼小叫。快到音乐厅那一站时，我回她说，你在哪？

她说，我就在音乐厅门口，准备来找你们，你们在哪儿呀？

洲老师住哪个宾馆？

我说，我快到音乐厅了。

我下了车，穿过马路，看见她披着长款黑大衣，拎着一只大包，正在音乐厅的台阶上和老海争执着。

她说，我得去看我老师。他说，你得跟我走，我都等到现在了。她说，我不是早让你别等了，我老师来了，我没骗你呀。他一把攥住她拎着包的手，发倔地说，小娘子你今天得跟我走，我们去金沙宾馆，我都安排好了。

我奔上台阶。应姐甩开老海的手，她冲着我喊，洲老师呢？

我说，他回家了，坐火车回家了。

她把包狠狠地丢向我，她的吃惊和生气滚滚而来，她说，你怎么让他走了？你把他弄过来又把他弄走了，就是为了吓我吗就是为了让我丢脸吗让他难受吗……

她泣不成声，在音乐厅大门口的路灯下像一头受伤的母狮。她说，他这么走了我知道他在想什么我知道你们在想什么你们滚吧，我有什么好的？你们别跟着我，你们滚吧……

她挥手招了一辆出租车，飞快上车，走了。留下我和老海面面相觑。

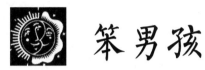

笨男孩

五、禁中

她说，你太认真了，让我也认真了，这是犯傻，所以
不要走回去了，不能走回去，回去不会有好滋味……

我遏制与她走近的欲望，连续几周我没主动跟她联络。我像治病一样治疗自己对别人的依恋。我知道这样才会好起来，否则一切又会遥远无期，把人拉向苦痛。

她也在切断。音乐会那晚以后，她以一条短信来打听汀洲老师对她的评价，在我回了"他说挺好"以后，她在一个小时之后又回了一条："如果相好太沉重了，那么不妨选择恨我吧，这样会轻松一点，再说我有什么好的呢？"

她说得没错。时间到这一刻我们都想屏蔽彼此的折磨，于是用力不再往来。我相信如今遇见她，她的嘴脸也会重返六七年前那种刻意的冷漠和疏离。其实该赞美这样的嘴脸的，可惜的是理智是那么脆弱，为什么这一年我们又会纠缠到一起？我想着那场纠结的演奏会，也想着自己这滋味万千、毫无进展的一年，新千年已经快走到跟前了。

像所有的疗伤，也像她教我的那样，我排列她有什么好的，于是她的不好便栩栩如生：疯狂、精明、笨傻、执拗、放浪、老练、幼稚……而当我一转身，许多个瞬间，我发现自己还在想她，想她的脆弱、苦难、天真、孤独、热心。

我走在临近岁末的大街上，一种无法排遣的孤独感常让我挤进人群，尝试从迎面而遇的一张张脸中，看自己可以爱上谁。有一天我路过广场，有一家媒体正在广场上举办"新千年演唱会"。人海中我听到主持人的声音在喇叭里传响："下面请听古筝独奏《江流》，表演者应虹。今年通过本报的助力，她的草根音乐梦想成了这座城市的一道文化风景。"

弦乐像水流漫过广场，与我身边喷水池的声音融合。我坐在台阶上，前面攒动的万千人头让我看不到舞台，哪怕一角。斜对面正在建设中的中行高楼的幕墙玻璃将冬阳折射过来，晃眼晕眩，我想象着她在台上的仪态万方和她那不停息的要强。我觉得累了，我对自己说，千万不能把她带进下一个世纪。

像应姐所预言的那样，我所在的得力饮料公司在进入新世纪之后果然难以为继。其时正逢中国都市类报刊崛起，我应聘进入一家报社。在最初的几年里，我在北京、上海等地驻站，因采访的需要走遍各地。每一天都风驰电掣，停不下来，我喜欢这样的状态，因为这让自己感觉在远离过去，远离与她同一个城市所共有的天宇。

但她的音讯一直在进入我的视线。因为如今有了互联网，偶尔在网上搜一下"应虹"，就会看见："'圆梦女'应虹打造企业女乐队""民乐进校园，应虹赠风采小学古筝仪式昨举行""'圆梦女'带一把乐器谈商务公关""应虹：做个职业经理人"……有一天，我还看到报纸上称她为"茶乐高手"了，我不知道这个"茶乐"是什么意思。

从这些消息中，大致可以看出她这样的路途：圆梦女→爱心女→有爱好的职场女性→干练美丽的女经理→对企业公关文化有心得的女士……

从介绍她的那些文字里还可以看出这几年她像乘坐滑板一样，从一家公司移到另一家公司，它们的名字是"宝科电子""海众咨询""升华广告""紫金地产""茶艺源"……她成为职业经理人了，在商界抛头露面。

从网上的这些字句，我会想起那场让人啼笑皆非的古筝音乐会，想起我在报社采编大楼前等待她的那个上午。它们是她的转折点。它们像路中央的一个箭头，她远远地站在箭头上，对我似笑非笑，她说，什么事是舒服的？但搞定了，也就好过了。

2003年年初我回到报社总部，负责财经报道。

因为原先的房东不错，所以我依然租住城南的那间公寓。有一天傍晚我从单位回来，趴在桌上继续赶写一篇关于房价的稿子。这是我们的系列报道，由于房价在飞快地涨起来，所以这组报道很受读者关注。我写得很投入，我在文中质问："飞涨的房价让城市失去什么？"我听见了有人敲门。

我开门一看，门口居然站着应姐。

她穿着黑色的风衣，束着腰带，原先波浪般的长发如今被编成精致的发束，有一缕搭在肩头，这让脸庞显得清秀优雅。这么多年过去了，她几乎没什么变化。她对我笑着，眼睛里是"怎么着，我来看看不行吗"的意味。她推了我一把，就进来了。

她在我的房间里巡视，她说，怎么这么多年了还是这样，我说的是这样乱。

她说着就弯腰去捡落在沙发旁边地上我的那件毛衣。她说，以往路过这里的时候，我都会看一眼，灯没亮，说明你还在北京、上海。

你怎么知道我去了北京、上海？

她笑道，我不会看报吗？我不会上网搜吗？你写的稿子上不都注着"发自北京、上海"吗？

她看了一圈屋子，说，没有女人，所以还没成家。

我说，没。

她用手指敲着我堆在沙发上的那些脏衣服，说，没人给洗，所以还没女朋友。

我说，你也未必好多少吧。

她脸上漾着高深的笑意，说了声，切。她随手把自己的风衣脱下，搭在手臂上，后来又把它轻轻丢到了椅背上。她说，我原来也不想多管闲事，但看了你这几天写在报纸上的关于房价的文章，我坚决不同意你的观点，因为我认为房价不会跌。

她看着我，皱着眉头，面容冷傲，好像有多大的事儿。

我说，噢，原来你来这里只是想说你不同意我的观点。

这有多可笑啊。

但她压根没想和我争论。她说，我不想和你争，我来这里就是想对你说，快点去买房吧，赶紧去，真的，姐今天过来就是告诉你这个，你可别像你写的那么迂腐，别信专家教授怎么说，他们今天这么说明天又这么说，其实他们即使知道也不会说。

她说她可不懂为什么，她只知道她现在的朋友们都在托人搞房，拿内部号子；而那些做生意的哥们，都在托人搞地，搞到一块地，一旦转手出去，起码五百万。她说，你还记得那个老苏啊，老苏说他们台湾那边也经历过这样的房价飞涨阶段，一眨眼，年轻人都买不起房子了，所以赶紧去买……

她瞅着我，眼神里是为我好的样子。她这么突然过来，急匆匆地要我去干这个那个，我以前已经遇到过几次。我想这可能是所谓女人的预感，每一波浪潮过来，她都像章鱼一样有敏锐的触手。

我说，我哪有钱啊。

她得意地一笑，说，首付我可以借你啊。她随手拿过搁在洗手间门边的扫把，在地上扫起来，好像多抓紧时间。她那雍容的范儿干这个真的反差挺大。我说别忙了，千年不来，这一来也不用学雷锋。

她说自己有强迫症，看不得脏乱差，再说这么乱她坐哪儿呢？

我在沙发上理出一个空位，想让她坐。我说，你隔了那么多年才来给我扫地。

她抬起头，嘟哝道，你又不是不知道，这不好。

我知道她指的是跟我往来太多对我不好。她有些脸红，扫把已经扫到了大门边上。她说，这么多灰，要得非典了。

那一阵本市刚发现了几例非典，媒体上虽在说此事，但尚未引起大面积的社会恐慌，更未达到后来蔓延至北京的高峰期。

我说，哪里呀，非典又不是由灰尘引起的。

她手脚麻利，几分钟扫完了地，她对我说，听着，没钱的话，我可以借一点。

她牛叉的样子让我觉得自己被人可怜。这感觉在我们几年不见如今她突然来访的今晚变得无法接受。她说她借我钱借我钱，好像她多有钱的意思，妈妈的，我哪晓得那些钱是怎么来的。她坐在沙发上，瞅着我，好像看到了我心里，她走过来，把双手搭在我的肩头，她脸上满是心软，她说，还是这么干干净净的样子，书生。她突然凑过头来，亲了一下我的鼻尖，说，我要去了，不说了，要难过了。

她推门出去，她的声音在楼道里，"赶紧去买房"。

到晚上八点半，我写完稿子，回头瞥了眼房间，我看见她那件风衣留在沙发上。

我打电话给她。她说，我明天来拿。我说，我明天去北京，我现在给你送过来，你在哪儿？

她说她在风岚茶艺阁，在丽景公园的边上，茶馆如今由她经营管理。

我说，都闹非典了，不是不建议在外面餐饮吗，你那边还有客吗？

她说，我们这里没事，会员制，本来就没几个人，你过来也好，参观一下。

我打车去丽景公园。出租车在空旷的夜晚街道上奔驰，电台里在播报卫生部门的提醒。司机是个河南汉子，他说，今天发现了九例，不知下面会怎么样，这病好像传得飞快，挺恐怖的。

在我们说话这当口，一个女主持插播进来，她说刚刚得到来自卫生厅的消息，省中医院又确诊两例。

车窗外，空旷的大街瞬间显出一份惊悸。出租司机说他送完我后就回家了，不做了。

　　我在丽景公园大门口下了出租车。我怎么也找不到"风岚"的店牌。我打电话给她。她说，公园大门口向左边三十米有条小路，你顺着小路进来。

　　我怎么也找不到那条小路。她在电话里指挥：向前，向前，看见那个竹篱了吗？不对，不是公交站台，往后，再往后，那个竹篱，里面种着竹子，对，是竹林，竹林左侧有一排平房，看见了吧？对对，沿着平房另一边，有一条小路，好，对了，你就顺着小路进来。

　　小路边亮着一盏路灯，幽幽地照耀着这幽深的地方。平时从公园门前马路上经过的人们，谁会知道这里居然还有这样一个天地。小路两侧种着许多樱花树，春天的晚风吹得满树怒放的粉白花朵在"沙沙"作响，清幽而凄美。我看见了一座独院小楼，门上挂着一个很小的木牌——"风岚"。门上有一个大大的铜门环，我拿起它扣了几下大门。

　　有一个面容姣好的女孩给我开门，她穿着蓝色的布衣，轻声细语说应姐在里面等我。

　　这里是一个小院子，我抬起头看到的是配着雅致木格窗的小楼。小楼里透着暖黄的灯光。应姐站在楼前，穿着一件棉布的白衣裙。她笑道，你过来也好，顺便喝茶。

　　她带着我往楼上走，她指着木格窗外的湖水，说，这就是丽景公园的丽景湖。

　　那湖水泛着灵动的波光，湖畔一株株樱花正在怒放，从这里望过去像一片美丽虚幻的梦境。她说，这里是公园的边角，很好吧，我们不对外的。

我们来到二楼临窗坐下，那湖水直接铺展在视线之下。这里是和式风格的座位，米色格调，绉纸灯罩，墙上有水墨国画，矮桌上的水瓶里插着一长枝桃花，一架古筝放在博古架旁，晚风从细细的格子窗外吹来，这里有说不出来的雅致。

那个蓝衣女孩端上茶水、水果、茶点。应姐对她说，你们几个小姐妹今晚早点回去好了，反正徐市长、金总他们不过来了，这里由我自己来。

摆在我面前的是乌龙茶，她说了一个什么名字，我可不懂，端起来喝了一口，是腊梅花的香味。

那几个女孩走了，我听到楼下小院木门搭上了的声音。这精巧的会所里留下了我和她。

我说，你终于开茶艺馆了，记得好多年前在深圳买股票认购抽签表那个晚上你就说过想办个茶艺馆或咖啡馆。

她说，你记性真好。在淡粉色绉纸灯罩的光影下，她的笑显得很明艳，我想这女人怎么不会老的。她的斗志是她的抗腐剂。她的笑就充溢着这种古怪的斗志。她说，只要我想办成的，最后都办成了。你只要想想，姐是不是这么回事呀？

我说，是有点这个意思。我问她，拿下这个店面要多少钱？房租很贵吧？

她笑着问我认不认识金中洋。我摇头。她好像很诧异。她说，就是百川房地产公司的老总啊，是他的公司拿下了这个院子，以企业家联谊会名义拿的。这里本来就是公园内的地块，所以是不对外的，几个朋友自己玩玩，会员制。

我说，这还是茶艺馆吗？是富人的客厅。

她笑起来，哈，你说得真贴切。

我说，你也入了股吗？

她含笑道，我是帮朋友忙，如果要说入股，他哪需要别人入股。我嘛，就算智力入股了，知道吗，是我要办这茶艺馆的，这一点他听我的。

她的话有些暧昧，她自己感觉到了。她站起身指给我看墙上的画，然后带我看博古架、香案上的那些摆件。她说，这可是我一个个收集来的。

玉器、陶具、青田石、珠串、青花、古筝。它们使这屋子里泛着古雅的幽光。我随手拨了一下古筝的弦，发出悠长的杂音。我说，你过上了你想过的生活了。

这么说着的时候，应虹的手机突然响了。她接听，她说，你们是谁？我没发热。张总，是啊，我今天见过。怎么他邻居得非典了？那关我什么事？天哪，是这样啊。天哪，他被隔离了……我在风岚茶艺馆，你们要过来？

她说，医生要过来了，因为蓝光照明公司张总的邻居被确诊为非典，他们整幢楼被隔离，所有住户医学观察七天。因为他昨天与我见过面，所以医生现在过来查看我了。

现在？我看了一下手表，是晚上九点半了。我站起来想走，被她拦住，她说刚才医生讲了，这店里的人不能走。

窗户外是静谧的湖光夜色，有一只夜鸟在歌唱，声音近得好像贴在窗前。我突然感觉心悸，我看着对面有些发愣的应姐，说，不会吧，这么容易就被染上了？

　　她抚摸自己的脸颊，说，好像没热度啊。我向她额头伸出手去，被她避开。她说，坐远点，千万别让你染上了。

　　她站起来，走到屋子的尽头，拉开通往露台的门，说，通通风。她就坐到了博古架那边，不让我坐近。我笑她如果要传染，早染上了，你不是吻过我的脸了？

　　她不好意思地瞟了我一眼，嘴里在笑，才不信这个邪呢，但这掩饰不了她的志忑，因为她变得有些闷起来。当然，这也很自然，想着医生正连夜冲着自己赶来，换了谁都会不安。她坐在博古架那边，随手弹拨那架古筝，是《春江花月夜》。她弹了半首，就不弹了，因为楼下有人在敲小院那扇木门。我下去开门，四位穿白大褂的医生戴着面具似的东西走进来，他们问我这楼里还有什么人。

　　应姐站在楼上的窗口，对他们说，没人，除了我和他。

　　他们说，蓝光总经理张东阳被隔离了，他被传染的可能性很大，因为前天他和邻居在楼道里聊了好一会儿天，并相互递了烟。我们医生问张东阳这两天和谁有过往来，他说和你有接触。

　　应姐说，这个鸟人。

　　医生量了我们的温度，说，现在还好的，但需要自我隔离进行观察。

　　医生问这楼里今天还来过什么人。

　　应姐说，除了四个服务员，今天没来过客人。

　　那四个服务员呢？

　　在你们来电话之前，我已让她们回去了。

　　让她们回去了？她们住在哪？联系方式呢？

应姐告诉了医生她们的电话。一个医生立即联系"抗非典"总指挥部，于是另一组医生被迅速派往她们的宿舍。

而我们这里，医学询问才刚刚开始。医生先问我，今晚几点钟开始和应虹在一起？

我说了。他们接着问，在你傍晚第一次见过她后，这之后，你还见过什么人？

我说，没，直接从家里过来了。

路上呢？

我说，只有一个出租车司机。

于是一个医生立即和总指挥部联系，准备寻找那个提早收工回家的司机。我想，如果我真的被染上了，那个司机可是倒了八辈子的霉。

他们接着问我，你和这位女士今晚一直在这样说话吗？

我想起了那个吻。我说，坐得很近。

他们觉得我这边的线索还算简单，于是在宣布我必须在这楼里隔离几天之后，他们把询问的重心放在应虹身上。

他们问，你昨天什么时间与蓝光张东阳见过面？

晚上。

当时在哪里？

在世纪酒店。

吃饭？还是有什么别的安排？当时旁边还有哪些人？

吃饭，只有我们两个，旁边没什么人，因为是包厢。

吃过饭后，大概是几点？

八点。

你去哪了？

我回家了。

不对，张东阳可不是这么说的。

我和他去了酒店的包房。

不是这个，我们想知道你从房间出来又去了哪儿，和谁来往了？

我就回家了。

不对，张东阳说你要去玛莎酒店会一个朋友，是他让司机送你过去的。你真的回家了吗？姑娘你得说实话，你得对全城人民负责。你还和哪些人接触过了？你还转移过哪几个点？你得说，因为你还得对你交往过的人负责。你不说，过几天，人家发病了，我们一查就会对上号的。姑娘，你说吧，从昨天晚上到现在你去过哪儿？

即使他们戴着古怪的面具，我也能感受到他们瓮声瓮气里的嘲笑和鄙夷。应虹窘迫和不以为然交替着的倔犟神情，让我对她和他们乃至非典都感到恶心。

应虹说，是啊，我是去了玛莎酒店，见一个做茶叶生意的朋友。

待了多久？

没看时间，和他在聊生意。

我们不管是不是生意。我们关心的是到底待了多长时间，当时周围还有没有其他人？

没有了，就他。

也是在房间里？

嗯。

你们有没有密切接触？

也许有。

怎么接触？

比较近的那种。

……

医生接着问，那么，从今天早晨到现在，你还见了哪些人？

应姐说，上午我去了省农办，我去见李处长，打车去的。我们老家的村子托我为他们争取点政策，村里想修条路，听说有政策，纳入政府"千村通"计划的，可由政府贴钱。

我们不管这些，你是几点到那儿的？

十点，去他办公室谈事。

谈了多久？

没谈多久。

办公室里还有别的人吗？

有许多人，所以几乎没谈。

医生一边在纸上"沙沙"地记着，一边问，然后你就走了？去了哪里，又和谁接触了？

她没应声，好像在回想。他们说，你必须说，否则死多少人都有可能，他们都必须隔离。

她说，李处长让我在农办隔壁的咖啡馆包厢里等他，他中午的时候过来。

他来了吗？

来了，就他一个人。

你们谈了多久？

一个钟头。他中午没太多时间。

有密切接触？

如果亲嘴算，他亲了我。

一个医生在打电话，于是我知道又有两组医生将被派出，分别前往玛莎酒店找那个茶叶老板，和去找省农办李处长。

医生问，离开咖啡馆，你又去了哪？

应姐指了我一下，说，在咖啡馆我等李处长来的时候，看了一叠报纸，上面有他写的文章，我不同意他的想法，所以我离开咖啡馆后去了他家。我在他家旁边的银泰里逛了一圈，然后去了一楼的星巴克，在那里等他傍晚下班回家。

在那儿等了多久？还接触了什么人？

四个小时，等他下班回家，我就想告诉他，快去买房子吧。

她已经泣不成声了。她说，我是毒源吗？

医生们没有表情。因为人命关天，他们继续像警察一样地问，接着你去了他家？

她说，是，路上没和别人接触。

在他家有没有遇到别人？

除了他，没有。

你和他有没有亲密接触？

有那么一点。

她抬起泪眼，看着我。接着她的抽泣声充溢了夜晚的房间。

医生们把记录本带走，那里有她这两天的浪迹和心事。这狗日的非典不仅是病，更让你隐私全无，兜底地倒出你平日里不愿倒的东西，比警察让你交代还灵。人是多可怕啊，没灾没难的时候怎么会藏着掖着那么多见不得人的东西。

院子里传来了大门被搭上的声音，医生们走了。这家会所里留下我和她。医生们交代，这七天不许出门，食物会有人送来，如果发热，赶紧打电话过来。

她坐在通往二楼幽暗的楼梯上泣不成声。我知道那种脆弱妄图消除我的恶心和生气。我们将在这房间里居住七天。我不知道这将是佳期还是绝期。

我想着刚才她对医生陈述的那张行踪图和那些名单，我让嘲笑从喉咙里放声出来，击碎随时将至的软弱，我说，你交出了一张成绩单呢，成绩单。

她没理我。她哪有脸来理我。

我说，你还是像以前一样贱。嗯，这个亲嘴，那个上床。那些男人看到你就像苍蝇看到臭蛋。

她把头埋在膝盖上，那哭声就像蒙在被子里，我心里有宣泄的快乐，我说，你贱不贱，所以这是报应。

我说，你交出了一张成绩单呢。这么说，非典真好。

她说，你在乎我干吗？你这么说话，我好像做梦的感觉。

我摸自己的额头，发现热度还没上来，我说，我怎么可以不在乎你，是你让我同归于尽了。

她说，你骂我吧，你把我打死好了。她颤抖着肩膀，像一块即将塌了的蛋糕。她说，我害了你，这么多年没来找你了，今天是猪脑子来叫你去买房。

她起身，往楼上走，她说，你别上来，要传给你的。

我听到楼上搬动椅子的声音。我上楼，发现她坐在外面的露台上。墙上一台小巧的液晶电视已经打开，本地新闻正以严峻的口吻播报非典病情告急的态势。

真恍若一夜之内天上人间，而就我在媒体工作了这么几年的经验，我猜测态势未必真是从今天下午到晚上瞬间裂变了，而是由于播报口径的突然放开，先前那些被隐藏的传染者突然被打开了盖子，而之前我们不知道。

她让我别靠近她，好像她自己是瘟疫本身。

我说，要传早已经传上了，多少年都没见，今天你居然亲了我一口，病就被你染上了。

她把脸趴在栏杆上。从我这边看过去，无声无息，映着这非典夜空旷而愁惨的夜空，像这座手足无措的城市一样，沉入悲哀。她在恨那个蓝光的张总，而那个茶叶商以及那个农办的老色鬼李处长也在恨她……他们在彼此怨恨中痛恨自己，我祝贺他们活该，这让我恶心的人堆，和他们兜得转的样子。我想着他们和她的轻薄，想着她的那些心思，无法遏制自己的愤慨和妒意，我走过去拉起她的头，狠狠地亲下去。我说叫你想牛B叫你想出人头地，你累不累啊。她搂着我泪如雨下，是我害了你，姐和你说过，姐和谁在一起，谁一定倒霉。

她抚摸我的头发，呢喃而语，你别恨我了好不好？你别怪我好不好？我经常想你，想着你心里就觉得歉疚，我这些年总是想着你，所以才急着赶来告诉你快去买房子，你知道吗，很多晚上我从梦中惊醒，想着你可能还在记着我，我心里就不安，我对别人不会这样，从来不这样，你这讨债的笨蛋，你快走吧，你别管我好了，我已经对得起你了，你知道你在我心里占了好大的一块，这些年想着你可能还没成家没有女友还在对我生气，我就头皮发麻，就这一点，你说我对不对得起你？

　　我的嘴唇在她脸上移动，我感觉着泪水的味道。我想反正我们可能都是得了非典的人了，今天没有热度，明天可能热度会上来。那个出租车司机不是说了吗，这是灭门的瘟疫。但愿他没事。她紧紧地搂着我，她原先一丝不苟的发束现在凌乱了，她冰冷的嘴唇在回应我的胡乱，她一定尝到了自己的泪水。活该，我对她说。她以为我说她这些年心里纠结于我活该。她把脸远离我的嘴唇，像不认识我那样地注视着我，然后狠狠地凑过来咬我的嘴唇，她说，恨我吧，如果你好过一点，是我让你得病了。我叫出声来，我感觉嘴唇被弄破了，我说，不是还没得病嘛。她说，反正已经病了。我说，反正明天会有热度的。她说，反正要死的。我想着她身体里的非典病毒是昨天从那个什么蓝光公司的家伙身上染来的，我想着他们在包房里不要脸的样子，那愤怒嫉恨又涌上来。我把口水吐进她开始变热了的嘴唇，我说，叫你风流风骚不择手段身体上位。她脸上有迷狂，她呢喃，你还在生气，求求你了。我的手想伸进她的领口，她抵挡了一下，还是顺了我。反正明天可能要发热了。那朝思暮想了十几年的地方依然是原来的样子，我把头低下去，我要让它们道歉，让它们说它们对我的依恋。难道身体也能说谎吗？这女人像病毒一般让人迷惑，但打开她，其实那脆弱说不了谎。我知道你在想我。我对她呢喃而语，正因为这样我才念念不忘。她的胸口在变热，我听到了她的喘息。她说她也是这样，这么多年即使不见其实也一直在相互折磨。我说，那么你为什么还那么贱骨头？你又不是不知道我不高兴？她说，你不知道人苦的时候多想略过一些阶段。我说，多少年了，你略过了哪些阶段？你什么阶段都没略过！她说，轻点。可能是我让她痛了，我让双手软下来。她扭开身体想往栏杆边靠，她说，求求你别说这个，我不是很好吗？各有各的活法。你别管我你就会宽心的，所以别管我，每一个人都有在乎的和不在乎的，我在乎你，不在乎身体，你也别在乎我的身体好不好？我执拗地把她拉过来。我大口地亲她的胸口，它们在我的嘴里活过来了，我心里在可怜它们。我说，你成哲学家了，哲学家都是痛苦的，你又能快乐到哪里去呢？为什么你就不能平常地过？

　　我求她：我们一起过好不好？她说，好好好，这不就在过嘛。我抬起头，她忧伤的嘴里正啼笑皆非地说，这不就在一起过嘛，被关在这里一起过。我说，我们都得病了你才这么说，都得病了，你才这样认命了。她推开我，说，别骂我好不好，我不想说这些了，我可不想像你这样喜欢说自己心里的想法。

　　我用手扳住她的双肩狠狠地摇，我说，我又不是机器，怎么会不琢磨她心里是怎么想的，我心里难受是因为我是人。她的泪水和她的拥抱一起奔到我身上。她说，笨弟你这么骂我是因为你没过过苦日子，没有尊严是因为你原本没有尊严。姐告诉你，姐看到的那些滋润都是要换的，那些人的牛B都是换来的，所以这很公平的，那些搞你的人也被别人搞，所以，我觉得彼此彼此。他们和我谁瞧不起谁呢？如果所有的人都在换，面皮身体钱财主义，那就算不了什么，彼此同等，彼此HAPPY，至少我现在是这么认为的。你去吐吧，你太傻太纯，你也该懂事了，难怪你这几年混得不咋地。我可浪费不起这样的时间，因为我是女的，女的好年华没有几年，至少我是这样认为的。

　　她仰脸亲吻我，想宽慰我的心烦。她的衣裙和肌肤在这夜晚像对面湖畔的樱花那么皎洁。只是她的邪门无法抚慰我混乱的头脑，我憎恨她的身体，她这被自己轻视、被别人觊觎、被欲望纵容的身体。我掐住她的腰像掐一根稻草，我说，你这身体难道真这么贱骨头真这么饥渴真需要这么多男吗？她说你又在骂我，你骂吧，他们谁都不这样骂我，只有你这样恨我。她再次泣不成声，她呢喃，也只有你配。

她亲我，想哀求我不要生气了。她可怜的样子让我觉得自己也真他妈的可笑，都在禁闭中了，明天就要发高烧了，还管它什么，她是一匹马，不知前世作了啥孽，永远拉不回你的轨道。我把手伸向她的裙摆，她轻叫了一声，说，这个不要弄，这个不行。她想推开我。我说为什么。我被不知是情欲还是怒火还是犯倔的一股情绪冲荡，我说又不是没有过，十年前就有过了。

她伸出双手捧住我的脸。她告诉我正因为如此，彼此心里这么多年还在痛，心为什么会痛就是因为认真了。她说，你太认真了，让我也认真了，这是犯傻，所以不要走回去了，不能走回去，回去不会有好滋味……她注视着我移动的双手，她说，不要，不行。她言语含糊但我不可能不懂她的意思，因为激情之后心里会催生更多的情牵，反而会比没有宣泄更为郁结。我知道这个滋味，我用了十年的时间咀嚼透了这个滋味。我对着她不知所措。我呢喃，明天不是要死了吗？她抚摸我的额头，像在测试我有没有热度上来，她脸上显现的犹豫使我以为她正在心软下来。但她没，她嘟哝，即使要死了，你也得和那些男人不同，给我最后一点好的感觉，你是最好的宝贝。

她看我沮丧的样子，不停地亲我的脸，像一个贞女在对流氓进行教化。

　　屋子里电视机在播报新的疫情。我们坐在露台的两张椅子上，头顶是春天灰红色的夜空。和多年前在D镇一样，那种辽阔感从头上铺展向远方。从那时到现在，如果中间没有隔着那么多暗自苦候的时光，那么现在的快乐一定会纯粹很多；如果以后还需要隔着相同质地的时光，相信依然不会太过快乐。

　　消磨掉一段感情，需要的不是时间，而是忘却的毅力。我们都没有这个毅力，是因为与周遭的隐痛相比，那点念念不忘本身也有暖意。好在如今我们都被隔绝，在这瘟疫蔓延时分，爱与痛都到了尽头。我们抚摸彼此的额头，说，还没有热度。

　　我说，你讲真话，今天你为什么突然来找我？

　　她没理我这个话题，她凑过来搂住我的脖子说，傍晚在你的公寓里，看你还是那么纯的样子，觉得很干净，我很久没看见干净的人样了。

　　她狠狠地亲我的面颊，说，算你倒霉，那一吻让你跟着死定了。

　　我说，你没觉得像做梦吗？五六个钟头前你还在叫我去抢房。

　　她笑啊，像朵活在末世的花。她说，如果活着出去，我就和你过下去。

　　我说，不信，你上次都走到公路边等车了，不是还反悔了吗？

　　她低了一下头，如果是白天，我相信能看到她的脸红。她说自己有时也会后悔那时没跟我走。

　　如果走了又会怎么样呢？

　　她说，说不定早就散伙了。

我说，你不会跟我走的，即使现在从这门里出去，你想了一下，还是不会的。

她紧紧拥住我的肩膀，她告诉我只要有足够多钱过下去，她就会，一定会。她说，只要你还要我这个姐姐。

我说，切，你看看，还是要有钱，所以你不会。

她也"切"了一声，就给我算，需要多少钱我们可以离开这里，离开这里所有恶心的人、认识的人，去过我们的生活。离开是前提，这前提要多少钱，需要算下。接下来找工作，到这个年纪，在全新的环境里找工作有难度，所以要有抗风险的钱，空档期的钱，需要算下……她刚才还在哭泣的嘴，现在"噼里啪啦"地算着，她说，三百万。

我听得如坠天方夜谭，但这念头是那么美好，这离开的需要是那么现实，这钱也变得现实了。我和她大笑起来，忘记了这是深夜，是在被禁中。

到深夜十一点半的时候，她让我下楼去。她说，在一楼有张沙发，随便你睡，早点休息，抵抗力好了说不定明天热度就不会上来。

而她自己则准备睡在楼上。她把我送到楼梯口，暖黄的灯光下，她给了我一个媚眼，她说，不许上来。

第二天上午，我被大门口的一阵叫门声惊醒。我听见一个男人在喊：应虹，应虹。

我听见应姐在楼上大声对门外的他说话。她说，金总，你不可以进来的，你没看见门上的告示吗？非典隔离区，医学观察七天。

那个男人在门外喊，你从哪儿染来的非典？

应姐说，你怎么就确认我得非典了，我不是还没发热吗？我到现在还没发热，我得告那些当医生的，他们吓死我了。

我从沙发上坐起来，我摸了一下自己的额头，没有发热。

我听见那个叫金总的人还在大门外喊，小娘子，外面在传绯闻哪，说你传染了好几个男的。

应姐的笑声从楼上滚滚而来，她说，哈哈哈，我的绯闻？怎么现在才开始传，我还以为天天都在传我的绯闻呢。

金总说，你他妈的，到底是怎么回事，居然给这会所染了非典，这一下会所给败了。

应姐尖声说，老娘还不是为了你这会所去外面约见你那些朋友才染了病毒回来，你得赔我这条命。

她突然痛哭起来。金总的声音在楼上的哭声中立马软掉了。他说，不怪你不怪你，我不是来怪你的，我是给你送吃的来了。她说，谁要你送吃的，医院等会儿有专人来送。

金总在外面哄她，如果没事，七天以后一出门，就带她去看桃源楼盘的别院。

她说，我都要死在这里了，如果你仗义，你先帮我去看看墓地好了。

金总哄她，别说这样的话，我可从没听过你应美女说这样的话，你是最生猛的，勇敢点。

应姐说，屁，你快走吧，你这么一早在大门口说这些话，那才叫绯闻呢。

金总说，我刚才打电话到卫生局问过，说你里面还关着个人。

应姐说，那是我弟，昨天晚上来看我，算他倒霉。

金总多疑的语气隔着大门和院子，我听得无比清晰。他说，真是你弟？

我听见应虹喊我上楼。她说，喂，你起来了没？你到姐楼上来，我哥要看你呢。

我上楼去，看见她站在朝向院子和大门的窗边，穿着湖蓝色的长裙，装扮一丝不苟，估计早就起来了。她让我走到窗边，她把我指给他看，说，你看看，他是我弟。

从我这里望下去，那个金总此刻正站在大门外，后面还有两个跟班，手里拿着大大的食品袋。他们正扬着头看着楼上的我们。

金总穿着藏青色西装，挺高大威风的一个人，但在她面前好像没什么招。他对着我喊，小子，给我照顾好她，如果有问题，老子会和你过不去。

他走了。

这院子里留下我们面对这空寂的一天。

到第三天下午的时候，我们相信自己多半没事了，因为还是没有热度。

果然到了第四天早上，医院方面提前给我们解禁了。他们说，这条传播路径上那些被观察的人全没发热，而蓝光公司张总家那幢楼里的住户已经医学观察到第七天了，也都没事，所以虚惊一场。

　　风岚大门打开的一刹那，首先进来的是金总和他的一帮兄弟。他看都没看我，就屁颠着上楼扶着应姐下来，要出门了。门口停着一辆奔驰。应姐对我说，弟，我先走了，我们要去找徐市长谈个项目，比较急，因为耽搁了几天。你自己找点东西吃吃，早饭要吃的。

　　她穿着银灰色的风衣，格子丝巾衬着她的优雅和从容。她走到大门口，回过头，伸出一个手指，对我做了个拉钩手势，然后夸张地咧嘴而笑。

　　当我顺着丽景公园旁那条隐秘的小道离开风岚茶艺馆的时候，我发现就这么三四天的时间，路边的樱花全都谢了，嫩绿的叶片正在枝头舒展。我想着几天前那个夜晚走进这里时夜樱怒放的景象，想着露台上辽阔的夜空，这些天变得那么漫长，又是那么短暂，甚至恍若是梦，被禁中的梦，包括她刚才拉钩的手势。我都快不相信这些是真的存在。

笨男孩

六、流失

她像偏执小女孩似的吵着，一定要买橱窗里的那个洋娃娃。她想这么做，但还有点犹豫，所以得同时发泄、痛哭，让自己没有退路，走下去。这让我痛恨怜悯，不知所措。

非典，像一阵疾风从身边刮过，就如同它来时的突然而至，它的消失也是急促无痕。当城市解除非典防控，人们被压制了几个月的快乐立马井喷，大街上川流不息，餐馆里高朋满座。到夏天来临的时候，一个月前的集体心悸恍若隔世。于是这病毒的春天，仿佛压根儿没有来过，那种走过寂寥大街的恐惧和活下去的祈求，也仿佛从未发生过。

　　一切都在回到原来的轨道，并且更迅捷地推着生活奔向巅峰。应姐打电话过来，笑话我：看见了吧，房价在飙了，你再不动手真来不及了。

　　其实即使我现在动手，也已经来不及了。房价在以坐火箭的速度甩我们而去。无数小职员的怅惘和焦躁，掩映着楼市里的各种口水，地产商、政府和专家的口水，飞溅到你身上，映照出你所属的阶层，以及你正在被归入的阶层。这时候我相信了应姐作为女人的直觉。

　　我还想起她对我拉勾的那个手势。它代表着那场瘟疫留给我的一点安慰。因为瘟疫的压迫，我瞥见了她对我袒露的真实、丑陌、美好和念念不忘。

　　在电话中我对应姐说，房价涨成这样了，早知道，非典期间去买更好，那时候连看房的人都没有。

　　她说，现在还不迟。

　　我说，还不迟？我可没钱。喂，你三百万赚到了吗？

　　她就哈哈大笑，说，对对对，三百万，我可记着呢。喂，这可不是我一个人的事哪，你也得努力啊。

　　看我这边无语了，她说，没事，姐有办法，一定OK。

　　从风岚分手之后，我们还没再见过面。她常打电话过来告诉我这些天她很忙，哪天来我的出租房看我。但最后她总是不能成行。我问她在忙什么，她就笑语：三百万啊。

　　她说，有个会所在管着，人就不太走得开，要不你过来看我也行呀。

　　我想都没想就说我不来。她问为什么。我说，那是富人的客厅，我来总有点偷偷摸摸的感觉。

　　我说的一半是真话，还有就是想着那些个金总什么的家伙觉得别扭。

　　有一天下午，她打我电话，说，晚上茶艺馆有个"月茗会"，你来玩玩吧，主要是有个有趣的客人。

　　她说，原本也不想叫你来了，但机会难得，认识这样的人有用。

　　她说得挺神秘的，我去了，我想见的是她。有一个月没看见她了。

我到风岚的时候，几个客人都已经在了，真正的客人其实是一位影视界的著名投资人。我们区的区长也在，是名人的朋友。他们坐在二楼临窗的位子，明月当空，一湖的波光映得幽暗的房间空灵起来，应姐坐在他们中间，中式玫红长褂，盘着头发，一副民族风的大耳环，朗声而笑，温婉照应。应姐向他们介绍我。我坐下后，就开始感觉她得体而优雅地悄然为我向区长使力，她说我是她弟。客人们对我的兴趣显然没对她的大，那位投资人可能是被她晃着的大耳环晃花了眼，说她可以演梅超风。应姐笑语，我的身价很贵的。投资人说，只要有价，就不贵。一席人笑起来。

坐在他们中间，我不太插得上话，从我这边的角度看过去，这里简洁优雅的装饰风格、高深莫测的宾客、轻松风雅的言谈，使这紧邻着丽景公园的风岚果真具有了"私家会客厅"的神秘气场。应姐站起来，说，有朋友送了名贵的沉香，平时舍不得用，要不试一下。

客人看着烟光袅袅婷婷，一种古朴香味在这月光下飘逸。应姐言及茶文化、香文化，像不经意掠过一片片有韵味的水泽，长袖善舞，脸上却有静淑的定力。从我这里看过去，隔着深深的妒意，我差了她十万八千里。我靠，服了她。

快散场的时候，那个金总带了几个人过来，说这几位哥们对电影投资有兴趣，要不合计一下，合伙成立一家影视民企，搞个上市计划。于是他们聊HIGH。说到上市后的融资和各位身价，有个家伙拍着金总的肩膀向投资人介绍，这个地产大鳄现在身家就是十多个亿，到时候还了得。金总摆手说，哪里哪里。他指了指区长说，托他们的福哪。旁边有人开玩笑说，这样的家产总得有儿子接班，你怎么办哪。金总说他不怕罚款，一定要生个儿子。于是一桌人都给他出主意，"在床下放把斧头""在枕头下压把剪刀""让你老婆多喝醋"……

应姐起身去拿水果。有人指着她逗了一句，给他生一个，立马升级。

应姐一撇嘴，拿起一个果子轻敲那人的头，说：有病，本姑娘还没想做妈。于是一桌人把玩笑的矛头指向了她，他们给她算如果生个儿子，这小孩起码值老金多少家产，"一个亿吧"，"至少一个亿"，"嘿，这下你还想不想啊？"

听得我都想吐了，我起身说我要去单位值夜班了，先走了。

2004年春天临近的时候，应姐突然来我的住所，给我带了一件青草色的薄型毛衣。她说，是"鳄鱼"的，挺漂亮的是不是。

她让我当着她的面换上新毛衣，她绕着我看了一圈，说，好看，主要是没胖起来，不能让自己胖起来。

接着她在我房间里看来看去，也不说有啥事。我想她不会只是来送毛衣的吧。她问我现在还炒不炒股，听说股市这一波会冲成神话的。我说自从1993年那次大跌之后，我就再也没炒了。

她在我的床沿上坐下来，因为沙发上堆了许多杂物。这一次她没动手帮我整理房间。她看着我给她削一只鸭梨的皮。那果皮拖得很长，一直没断。

我把削好皮的梨递给她，她咬了一口，转过来，把没咬着的那一边递到我的嘴边，让我咬一口。她说，梨是不能分的，我们就一起吃。

我咬了一口。她这样的暧昧，总是撩动我的情绪。她又不是不知道，但她总这样干。

我又咬了一口。我犹豫着是不是要亲她一口。哪想到她突然说她怀孕了。我吃了一惊。她说，老金那个死鬼。我心想，那天在风岚一众人的胡扯，你还当真了？

她瞅着我的反应，我不知道我的神情给了她怎样的反应。空气中有油烟味，那是楼上人家在煎带鱼。我走进厨房，打开了抽油烟机，打开了窗户，打开了自己此刻突然而至的难受。我不知道说什么，我对自己说如果你每天要为她这样的人难过，你其实早就已经死了。

我从厨房里出来。她说，我想不好要不要生下来。

我问她，他知道吗？

她说，我还没告诉他，因为我没想好。

我说，你不告诉他，反倒是先来问我，是想问我把宝宝生下来后，你可以占他多少钱吧？

我知道我这生猛的女友只在乎我的生气。我克制自己不要再为她难过了，但手指和声音都在颤抖。

可是今天她对我生气的反应不同以往，她的不安被她自己迅速盖去。她注视着我，突然似笑非笑地抬起下巴，站起来，走到屋子中间，转过身瞟着我。那眼神是，没什么了不起的。她习惯用这样的眼色压倒他人可能产生的鄙视，即，先鄙视你。

她说，我没想好，是因为没和你说明白我的算法，所以才没想好。

她说得有点绕。好像她生不生，这恶心的事与我有关。

她伸出手拉过我的肩膀，说，我们最近不是总提那个三百万，我晓得你和我一样念叨它，三百万要多久才可以赚到，姐可要老了。

她把头搁在我的肩上。她对着我的耳朵呢喃，如果一下子有了呢，一下子就有了三百万，甚至更多呢？

我说，我可不要。

我说，我可不想用这样的方式去占他的钱，你恶不恶心？

她轻推开我，她的嘲笑冲到我的面前，每当我想站在她面前某片道德的高地，她的嘲笑就会如期而至。她说，如果你是女的，如果是一百万，你不动心我相信。但是，如果是一个亿呢，你能说你不会被打倒？你能说你是女的不想生个小孩下来？管他的奶奶！我都已经三十多了，一个亿哪。你说是不是真有一个亿？

我说，你直接问老金吧。

她说，如果一下子有了一个亿，那不就可以一次性了断过成了这样的腻歪生活了？我们想怎么着就怎么着，立马离开，你跟姐不就可以立马走人了？

我说，我不想走了。

她用双手拉我的耳朵，她说，没准这是个机会，姐要老了，要不你自己去想办法给姐搞三百万来，笨弟弟。

我说，我可不想这么离开，我说这是疯子的主意，更何况那三百万是否如你的算盘，还八字没一撇！

我嘴里这么说，但我感觉自己的心里还真的在为她想着我们的三百万而软下来，妈的，我拼命按住它，因为这不妥。

我害怕她洞悉了我的软弱。而其实她钻在自己的思维里无暇顾我，她说，我不懂家产分割的事，但我想，生个儿子或者哪怕女儿，都可以拥有该拥有的财产吧。如果我们一下子有了一个亿，想去哪都行了，走，马上走。

她拎起我沙发上的衣服，开始收拾起来，好像真的马上要和我一起出走了。

我夺下她手里的衣物。我拍她那颗发热的脑袋，说，如果你把小孩生下来，那是一辈子的事，这不像你钓男人，今天跟这个明天混那个，这你得懂！

她脸上也有犹豫，这一点我一直看得见，即使她用鄙视的眼光和我争时我也看见了它们，它们一丝一缕地从她的脸上浮现出来，又像火星一样飞过去了。事实上，如果没有犹豫，她今天也不可能来我这里。她这样和我说呀说呀，也是在争辩中想让自己想明白，铁下心。这一点我看见了，她像偏执小女孩似的吵着，一定要买橱窗里的那个洋娃娃。她想这么做，但还有点犹豫，所以得同时发泄、痛哭，让自己没有退路，走下去。这让我痛恨怜悯，不知所措。

楼上的油烟味还在渗透进来。与油烟一起渗进来的是楼下那个中学男生唱歌的声音：

　　　　水向东流时间怎么偷

　　　　花开就一次成熟我却错过

　　　　谁在用琵琶弹奏一曲东风破

　　　　岁月在墙上剥落看见小时候

　　　　犹记得那年我们都还很年幼

　　　　而如今琴声幽幽我的等候你没听过

……

她和我争啊，我已争到无语，她也暂时歇息。她把自己埋在沙发上的那一堆衣服里，她肩上披着我的夹克，那张美丽的脸呈现出的混乱说明她在使劲地想啊想啊，虽然她的言语那么果敢。我看着她疯狂的脸，我希望她赶紧回去，好让我自己静一下，好过一点。

我告诉她，其实你问我这些我回答不了，因为我想象不了这样过日子。

她还在自语，到底做不做？

好像这是一个需要拿主意的生意。

我说，其实你想得很明白了，还来问我干吗？

她脸红了，说，但我还是不知道到底要不要生下来。

她站起来，在我的房间里乱转。她好像害怕这房间安静下来，她用手指着我，求我再说再说：你说你说说看。

我没搭理她。我在电脑前坐下来，看那些新闻。我相信这是全世界最怪诞的事。"我要不要生下来"，她在这屋子里转，她不停地嘀咕，好像这能让她铁下心来。我在心里怪自己真的没用，怪她生猛堕落。我的眼睛里有水珠在转动。我说别问我了。她依然自说自话，也可能压根儿没指望从我这儿听到些顺她心的话。她一会儿说她已经三十多岁了生个小孩总不坏，一会儿又说老金其实也不坏，一会儿说咱拿到钱就走人再也看不到他们，就譬如做梦一场，有什么噩梦是不可以做的，只要你当它是梦，一会儿说把小孩生下来就和他那么大的家业有千丝万缕的关系……

我忍不住说，那是和他的钱有关系了。她反唇相讥，没错，这有什么呢！

这个此刻尽想着巧取豪夺的疯狂女友，在像祥林嫂一样大段自言自语之后，正在清晰自己的脑袋。但有一点她还是搞不太明白，她问我：你说如果生下来，他不给一个亿怎么办？

我说，无法估计，但这事首先是个法律问题，不全由他说了算。

我知道她想办的事我怎么都拦不住她。这么多年了，她像一匹烈马，凭女人对安全感、对这时代的直觉，跑在你前面，你怎么喊"慢点跑"，都没用。如今有一个亿摆在赛马场的终点，她可怜的那点抗拒力早已灰灭。一个亿，如果摆在我面前呢？妈的，怜悯我们的紊乱吧，那么罪恶。

她听我说"不全由他说了算"，就笑起来。

她那么笑的样子，让我想吐。没想到我没吐她先吐了。我扶她去卫生间。我说，你怎么了？是怀孕反应吧？

她说她也不知道，应该是吧。

她在吐过之后，苍白的脸显出弱态，让她看起来楚楚动人。我瞅着她的脸说，这么漂亮的女人，这么可怕。

她说，还好看吗？她说，漂亮有什么可怕的，漂亮是值钱的，幸亏我还漂亮。她轻抚我的脑袋，说，想开点，你想开点，你也劝姐想开点，这漂亮值一个亿呢，哪个明星比姐强，姐都三十多了呢，接下来可不会值钱了。她突然搂住我，亲我的耳朵，说，没有什么是不需要代价的，你不舒服姐知道，也只有你为姐不舒服。

我抱着她，像抱着一段穷途，我说，我不要你的钱，那是你的代价。

我害怕接到她的电话，也害怕见到她即将隆起来的身形。

她是聪明人，在此后的一个月的时间里她都没表示要来见我，或让我去见她。我想象着她胖起来后的样子。我知道，她明白我见到她这样子时的尴尬，所以才不来找我。这就是我们的默契。

等我接到她的电话时，已是五一长假了。她说，你在哪？你现在能不能过来一趟，我在风岚，有事想和你聊聊。

从她略沙哑的声音里听得出情绪的低沉，我想着她那疯狂的算盘，直觉告诉我可能她的想法有些问题了。我答应过去。

我沿着街边骑车前往。春天即将过去，路两边的玉兰花树吐着让人产生食欲的芳香。出来逛街的年轻人拎着百货公司的衣袋，夺目的撞色、松垮的中裤是这一季的流行，这样的青春模样说明另一代人也已登场。街边一家服装店里的音响在放着一支歌，刘若英在唱：

后来

我总算学会了如何去爱

可惜你早已远去

消失在人海

后来

终于在眼泪中明白

有些人一旦错过就不再

……

我哼着这旋律，骑过街上的人流，我想象着应姐腹部鼓起的样子，想象着等会儿见到它时自己的尴尬，就放缓了蹬踩。我在广场那边停了一会儿，去星巴克买了杯咖啡。我坐在店外，消磨了二十分钟。我对自己说，无论如何，这一次不要吵架。在我的旁边有一对年轻的夫妻各捧了一杯咖啡。他们的宝宝睡在小推车里像个蚕宝宝，粉嫩的小胖脸，嘴里放着个奶嘴。他对着周围转着溜溜的眼珠。我向他摇摇手，逗他。我想象应姐的宝宝。我对着车来人往的大街想，有了宝宝看她怎么办。

丽景公园边的空地上有人在放风筝，无数只蝴蝶、燕子在春风中晃悠。

应姐坐在风岚二楼的露台上，暮春的风和阳光拂过这里，空气里有香樟树的清香。她回过头来看我进来，我发现她形象大变，不是身材，而是她剪了一个短发。这发型衬着她轮廓清晰的脸庞和厚嘴唇，显得风格特别。她对我笑，说，还好看吗？

趁她站起来给我倒茶，我注意到她的身孕还不是很显眼。她穿着一袭白色宽松布衣，垂到膝盖，项间挂着一条鱼形木雕项链，显得很休闲。

我说，好看好看，你还好的哦？

她凝视着我们面前的茶杯，没响。碧绿的龙井茶叶正在水中舒展开来，水色灵动。她停顿了好一会儿，伸手拉住我的手臂，说，不好，不是很好。

阳光下她清秀夺目的脸庞上突然有哭丧之色，她说，老金这个死人，软蛋，他要把我让给别人了。

我吃了一惊：你说啥？

　　她告诉我一个叫赵中烈的人最近看上了她。以前她与赵虽也打过交道，但最近因为老金的一个地产项目，她、老金跟赵中烈走得很近了。

　　她说，说起来，老金认识赵还是因为我。最初是徐副市长在推广"全民音乐周"活动时，把我介绍给了赵。赵赞扬了我的"草根音乐梦·童琴赠乐"爱心活动，就认识了，但往来不多，也不可能多往来呀。但后来老金的地产项目与他有关，一来二去，加上老金和赵都有彼此认识的朋友，我们和他就很熟悉了。熟悉到他常来这里坐坐，最近我觉得他看我的眼神不对。果然昨天老金问我愿不愿意跟赵，他说赵对他暗示了这个意思。老金这死鬼要我跟赵，也就是老金这没良心的东西要把我转手给别人。

　　她说，切，这些男人，如果不是要生这个小孩，奶奶的，老娘如今可不会想着跟定谁，难道还要他们来支配我？狗屁。

　　我听得目瞪口呆，她的语调和她的处境一样让我恶心。有几只蜜蜂在露台的阳光下飞舞，其中一只落在我面前的杯口上，我挥手，像赶走一群苍蝇。

　　我说，老金知不知道你还想给他生宝宝？

　　她说，我刚告诉了他。

　　你才告诉他？我也吃了一惊。

　　她说原先怕他反对，想再过一个月给他来个突然袭击，哪想到现在出了这事。

　　她说，昨天我告诉他我怀孕了，这软蛋哭得像天要塌了，他说我是他的身家性命，他说我跟赵的话他一定好好回报，他说他知道我仗义，他求我："你帮帮我，你帮帮我。"

她说他许诺给自己五百万。她说，我知道只要我不肯，他会软的，因为他也在犹豫，又在害怕，他抚着我肚子这里说，对不起，对不起。所以，只要我不肯，他没招的。

应姐说这些的时候，我想象着那个总穿深色西装的金大款痛哭的样子，我想象着他在赵中烈面前奴颜婢膝准备把应姐当西施转手，但我实在想象不出赵怎么向金开口自己的欲望。这他妈的太荒诞了。

我看着她的腹部，因为它，她已是可悲的小蜜。不管她认不认，这是事实。

她抚着自己的肚子问我怎么办。她脸上的哭丧之色在增强，这是因为她看着我难受的样子在给我盘算。她说，五百万，流一次产，你说要吗？不流产，可能有一个亿，也可能没有，你说要吗？

我刺她，有多少打工妹被人玩了，流一次产，一分钱都没有，还要贴钱，而你有五百万。

她盯着我，知道我在恨她。

我说，这可不是要不要小孩的问题，而是将你转手的问题，你是被卖了吧？

她被我狠狠地刺着了。但我相信这是实质，所以她开始痛哭，并且嘴里在骂我太伤人。

露台上那些蜜蜂"嗡嗡"地飞舞，我挥手想把它们赶开，但它们像麻烦本身一样挥之不去，我估计是她身上的香水味儿把它们引来了。

我站起身，告诉她我不知道怎么办，我能做到的就是让那三百万、五百万，或者一个亿见鬼去吧，这样你可能会轻松一点。我不跟你走了，知道吗？如果我们想着离开，就永远离不开，所以，我不跟你走了。对我这边而言，即使有三百万也不跟你走了，所以不需要这五百万，这可能会让你决策时轻松一点，别想我。

我发现自己泪流满面。我这样子让她崩溃。她说，不好意思不好意思，想让你来商量，没想让你痛苦。

我说，你让我痛苦了十五年。

虽然知道以她现在这样的身体状况，我得控制自己的言语，但只要我站在这里，就无法遏制自己的情绪。

那些蜜蜂在春阳下飞来飞去，有两只紧紧绕着她身边飞行。我准备走了，我想起来刚才在星巴克门外我已经提醒过自己千万别吵，所以赶紧走吧，否则只会更折磨彼此。

她拉住我的衣服，不让我走，好像我这一走真的就没了影。这一点和她以前的果断不同。她说我是她唯一的那点安慰，这么多年就只有这点了。我说，让你有这样的感觉，我很高兴，但对我而言这代价太重。

她的脸上有苦难，她说，别这么说好不好？

我往二楼房间里走，她拖着我的衣服被我带进了屋里。她泣不成声，说，五百万给你，统统给你行不行？

我像被蜜蜂蜇了一下，我冷笑道，那我不就成吃软饭的了？

我说，过日子我不缺钱，从来不缺。

我说，我可不想让你像下蛋一样给别人生小孩去换钱。

我狠命地往过道里走，她的手没松开，好像不解决我的思想问题她今天也无法过关。难道这一次她是真的没主意了吗？

她说，给你给你，五百万，就算是赔我的罪，行不行？

从阳光明亮的露台走进房来，眼睛一下子无法适应昏暗，那些日式的桌具、装饰墙、古筝、博古架都深陷在暗光中，有几道光柱透过格子窗落在地上，光柱中轻尘舞动。她问我，五百万赔你够不够？

于是，那五百万钱币在恍惚的视线里就像那些轻尘，飘浮于这透着雅致格调的空中，它们在飞快地堆积，像绵密的灰毯覆盖而来，嘲笑我和她同样轻若浮尘的命。我摔开她紧攥着我的手，向后推开她，哪想到她"啊"地叫了一声，摔倒在博古架上，然后撞到了那架古筝上。

那古筝发出一连串杂音，翻倒在地，并且滚向远处。那弦上的音，"咚咚"地响着，悠长地传响在这长长的空间里，像河水般冲荡。

她捂着肚子，跌坐在地板上，她叫唤着。我奔过去，想扶起她。她推开我的手，她的眉头因疼痛紧锁，她的叫唤声越来越大。恐惧像耳光让我耳朵里"嗡嗡"直响，刚才的愤怒早已隐匿，而后悔将人笼罩。我说，我不好我不好，你怎么样？

她说，肚子痛，你怎么可以这样打我？她说下面好像流血了，不好了。

我把手伸向她的肚子，想抚慰她的疼痛。她推开，脸色苍白，把自己的手伸进腿间，血从布裇的下摆那里渗出来，血顺着腿流下来。越来越多的血在地板上流淌。她说，不好了，你去楼下叫他们给医院打电话。

楼下的服务员手忙脚乱地给医院打电话。我重新跑上楼来，她趴在地上，让我别动她。她的脸上沾了几缕血迹，她的嘴里在轻轻叫唤。我在她身旁跪下来，我说，对不起。我说医生马上来了。我的牛仔裤上沾了地板上流淌的血水，膝盖感到了温热和黏稠。她呻吟的嘴让我无限悲哀，我俯下身去拼命亲她。我说，如果你死了我也死。

在救护车还没来的这一刻，她眼睛定定地盯着地板，那架古筝翻倒在不远处的地板上。她任我亲她。她的呻吟和哭泣交织在一起，响在我的耳畔。这世界什么是尽头？我们为难自己的结果就是这样。她允许我抚摸她的额头，但她又让我走，她说，赶紧走吧，谁和我在一起一定倒霉。

她说，你看见了吧，倒霉。

我急得泪水涌出眼眶，我说，倒霉我认了好不好？

她摇头，怜悯地瞅着我。我说，对不起，对不起。地上的血在流淌，我傻傻地问她，是不是小宝宝没有了？

她说，没了。

她说，一定没了。

我的手想挡住血在地板上的流淌。我泪流满面，说我赔不起。

楼下几个小姑娘服务员手忙脚乱地在准备毛巾。她们吵嚷的声音使这小楼里显得很空旷。我说，我赔不起，如果你原来是想好了要这五百万，我赔不起。

她的脸因为疼痛反而对此显得淡漠了，她说，笨弟弟，这也好，由你来做了决定，真的，是由你来做了决定，做了一个了结。

她说自己很高兴，因为这一次自己没有做决定。

接着她微微欠起身，对着我突然"哈哈"笑起来，她的笑声在这血水、木格窗、古筝、古玩、穿窗而来的光柱间飘荡，让我吓了一跳。我想她是不是疯了。沾染到她脸上的那几丝血迹，使她看起来像电影里的那些复仇女神，报复了飘浮于虚空中的钱币，也报复了我和她自己的可怜。她说，这是命，去他妈的五百万。

她搂住我的脖子，让我在医生和老金来之前走。她说，走吧，你别难过，我们别在一块了，这也是命，每一次遇见都会惹事伤心，再也别在一起了，走，快点走。

我抱着她的肩膀，听到救护车的笛声在大门外鸣响，我问她，先前你不让我走，现在为什么要我走？我不走。

她说，几分钟就会让人冷静下来的，几分钟也会改变主意的，几分钟前我有个小孩，几分钟会让你明白什么是对的。你快走吧，省得我到时后悔了要你赔，省得你到时要我赔，咱都赔不起，咱们到此为止，赶快走吧。

我从丽景公园旁的小路出来，伤心、不安地走到街口，看见一辆救护车从我身后飞驰过去，奔到前面的左侧道，向左拐，奔到了前面的红绿灯口，那里正亮着红灯，它"嘟嘟"地鸣着笛，闯了过去。于是我看见它迅速远去，消失在节日热闹大街的尽头。

我知道她正躺在这车里，正在颠簸，正在痛苦，正在被医生观看，正在想着我的罪和好。这念头让我要发疯，我坐在马路牙子上，对着大街呜咽。

　　后来我站起来，在街边想叫一辆出租车赶往医院。因为这一天是节日，大街上空车稀少。我就开始向医院奔跑，我跑过了八个路口，来到了妇女保健医院。我从来没来过这里，搞不清这里面的方位，我突然想到了"急诊"，就去那里打听。护士看我汗水淋淋的样子，帮我查到了应虹的信息，说，她在第17号手术室。

　　我在楼里窜上窜下，终于找到第17号手术室。长长的过道上飘着消毒水的味道，有几个男人坐在过道的长椅上发呆。我在那里坐了好一会儿。有个男人看我悲哀的样子，问我，是不是掉了？他抚了一下他的肚子。我明白他是在问我老婆肚子里的孩子是不是掉了。我向他点头。他说他们都已经掉了好几次了。他安慰我没事，总有一天会怀上。

　　正说着，我看见那个金总和他的那两个跟班拎着个花篮，顺着长廊一路问过来。我想，奶奶的。我就起身，走了。

　　当天晚上，我收到了一条短信，是她的。她说："一切好的。别来看我。别在一起。别再缠绕。就此别过。好运。"

笨男孩

七、赴宴

她说在生意场上混了那么几年，看那些人那么在捞，姐都快看不下去了，你不能被落下太多，姐不可以不管你。

应虹就这样又离开了我的生活。而我为了尽快了断这麻线团一样的伤心，一周后向自己所在的报社请求再次前往京沪，任驻站记者。

我们实现了别离。但事实上，她却无法远离我的视线。这不仅是因为我对她已成惯性的牵挂，更因为在随后的几年里她像一朵突然升空的烟花，在我们城市芸芸众生的头顶上开出了光华，几成传奇。

所以即使在遥远的外地，打开百度搜"应虹"，你也可以从她名下姹紫嫣红的条目中，看出她在不可阻挡地搞大——"著名职业经理人应虹牵手本地企业联姻西部""最美茶人应虹走进城市大讲堂""城市美学顾问应虹建言公共交通人性化服务""文化商会副会长应虹结对山乡小学堂""省政协委员应虹疾呼为中学生减压""女企业家应虹捐款汶川一百万元"……

而百度"应虹"的简介，"毕业于复旦大学""研究生学历""中国人民大学商学院EMBA"等字眼，都亮瞎了我的眼。

百度"应虹"的图片，她坐在不知是哪儿的台上在发言，她给孩子们弹古筝，她带着一群女委员在省"两会"会议间隙跳健身操……我这曾经的女友真的不会老，她穿着大红紧身毛衣，戴着一条金色的珠串，在婀娜起舞。

等2009年我再次从京沪站调回报社总部的时候，我遥远的应姐已是一名女富豪。人们传说，她即将从政协这个口子步入政界。

她的传说，像一阵不知所起的风，在坊间各色艳羡和蜚短流长中吹拂。她在风中仪态万方，不可阻挡，你不得不认了。她在采访中语焉不详，偶露彩虹一样的闪烁点，于是有人说她是高干子弟，有人说她是中央某人亲戚。而作为她传说中最不被人所知的一部分，我现在纠结于听到她的名字。这不是因为曾经心里乱麻般的痛感，也不是因为如今咫尺天涯的距离，而是她站在遥远过去的台阶上，对我笑道：怎么着，我是把吃的苦当作过程，笨弟弟，你现在还好吗？

我当然过得一般。就像她那时所说的一样，这些年你不搭上点山头人脉资源，不撕破点脸皮自尊和主义，你就是一般。所以，作为她传奇中最不为人知的一部分，我相信她一定也不想让人知道关于我的点滴。这一点我懂。我从根本上懂了以后，别说去找她，现在连做梦都很少梦到她了。只是许多个早晨醒来的时候，窗外的车水马龙声会唤醒依稀的心痛，不知自己是在哪里，想着她在哪里。我想，这样开始的每一天，可能是失落，也可能是恍惚，与她有关。

从客观和主观上，我都在让自己离开这启蒙了我、如今发迹了的女人。我爱上了厨艺，开始频频相亲，我该开始自己的生活了。但心里依然有顽强的直觉，我相信有一天，她会推开我的门，说，我来看看你的房间。然后又开始帮我打扫起来。

因为互联网冲击，报社发展日趋艰难，采编人员流向网络新媒体公司成为大势。2010年年初我加盟了一家网络公司。

有一个星期六的晚上，几位年轻同事为了尝我做的拿手菜，来我住所聚会。饭后我们还煮了咖啡，聊公司派给我们的一个社区论坛项目。有一位还带来了小白板，搁在餐桌旁边，画画写写，整理思路。

如果没人来敲门，我们可能会聊到天亮，因为很多创意令人兴奋。但偏偏这个时候敲门声响了，去开门的是女孩毛丹。她对来客有些吃惊。（她第二天问我，她怎么会一个人来看你？你怎么认识她的？）

进来的人就是应虹，这座城市新崛起的财富榜样，美丽、财富、品位、才艺兼具一身的女人。曾做过财经记者的毛丹当然认得出她是谁。

因为我是背对着门，我先听到了她的声音。她在问毛丹，你们在聚会？

好像她没料到我这旧房子里也有热闹的时候。

我回过头去。她正向我们这边张望，想从人堆里认出我来的样子。她穿着黑色的衣裙，剪裁合身修长（后来毛丹告诉我是香奈儿的），头发被盘成别致的发髻，水钻拼成的一把别致钥匙在她项间闪着光芒，她微微眯着眼，向我们笑着，等着我把她认出来。

我说，是你啊。

我站起来，向她走过去。这女人这么折腾，但这张脸却能抗击沧桑，依然那么美丽清秀、轮廓精致，而她眼睛里所隐含着的兴奋使脸庞闪烁着一层光晕。依然老样子，从D镇时就是这样，唯一有点变化的就是从容了，说话慢了一点。

我们在灯下拉起手，看着对方，都说，没变没变，你没变。

我的那些同事看来了客人，就纷纷起身告辞，留下她和我在这多年没调换的出租房里重逢。

她说自己的车刚才路过这里，就下来看看。我瞅着她，发现这么面对面坐着，先前在心里对她的不屑讥笑都没影了，因为她像亲人一样看着我。她说，路过这里的时候，我都会看一下这窗户里的灯有没有亮，我司机都知道这点了，我告诉他这是我弟的家，现在他出远门了，哪天回来我要上去看看。

她告诉我她知道我去北京上海了。她说自己在美国待了半年，上个月才回来，回来后有一天看到这屋里灯亮了，但后来几天又不亮了，想给我打个电话，但……

我就冲着她有些躲闪的眼神笑起来，接她的话说，但，觉得不是太好。

她和我一起笑起来。这一刻心里好像没有了以前的痛。说明好了？我很高兴这一点。

我告诉她，互联网公司加班是惯例，我经常晚上加班到十二点钟以后才回来，所以你路过时看到灯亮的概率是很小的。

我接着随口说出来了这句话，没经过大脑，但一定经过了情绪：既然你这么关心我，这么多年为什么不联系我？

她看着我，好像在想词。我赶紧说，哦，不是很好。

她就笑着敲了我肩头一拳，说，小混蛋，那你干吗不来找我？

我说，你不是要我别再来找你吗？是你要我别来找你的，这你别忘了，再说了，我干吗要找你呀？你发迹了，是要我给你感觉吧？

她说，屁，就嘴巴厉害。

她看我愣了一下的样子，就伸过手来抚摸我放在桌面上的手，说，每天加班，真辛苦啊。我说，你是女大款了，应该比我忙吧？

她站起来，去拿放在厨房门口的小垃圾桶，她说，我还好，有人打理的呀。

她拿着垃圾桶过来，把餐桌上的残羹剩菜往桶里收拾。我拦住她的手，说，我来，我来。

她说，我来我来，你这儿还是这么乱，地上等会儿我也得扫一下，这样才坐得下来聊天。

我拼命拦，像拦住某种宿命。因为每一次都是这样开场的，我怕这样的推进。

她被我拦住了，她只收拾了桌子，没扫地。

我说，现在你的身份不适合帮我干这个。

她用手指弹了一下我的脸，说，屁，谁让我是你应姐。

我说，我可出不起钱让你帮我干家务，就你现在的身份，一次一万块可能还不够。

她给了我一个搞笑的表情，笑道，屁，如果算钱的话，哪止啊，可以把你整个人买断，买断一百年，还是个零头。

我故意叫起来，想让她高兴：你想用人民币砸晕我啊？

她“咯咯”笑，说，当年五百万，你也没要，我现在五千万。

这话怎么听都有歧义，但我知道她有时精明有时没心没肺，我心里兴奋起来，是因为她因此重新变回了应姐，而不是刚才进门时的那个女财富榜样。

我说，不是说你有十个亿吗？

她说，屁啊，你还真信了，我只是帮别人做，前台操盘，还不知能不能算我一个亿。

我说，这么说你还有后台老板，这也挺好的，压力轻点。

她没理我这话。她说，你为什么不来找我？

我想我不是说过了吗。再说，这也不好，真的不好。就我的理性来看，她每次哭哭啼啼时要我们再也别来往了，其实都是对的。

她一边说着"你为什么不来找我"，一边在我房间里巡视了一圈。这下我明白了她的意思，她的意思是指我混得连房子都没钱买，为什么这两年不来找她帮助。

我突然就感动了，我轻声说，房子会有的，成家了以后两个人的工资合起来，就可以办按揭。

她回过身，从上到下注视着我，她说，我现在可不会提醒你去买房了，提醒了你也已经买不起了，这可不是七八年前那时候，我的意思是，要不你到我的公司来上班吧，多赚点钱，否则怎么赶也赶不上这个房价了。

她的话出乎我的意料，但没让我吃惊，她就是这样的人，我理解她心肠软的时候就像理解我自己对她的依恋。

我说，这就是你来这里的原因吧？

她刚才还笑吟吟的脸就严肃起来了，回到她以前喜欢的那种凌驾于我之上的说话位置。她说，是的，我每次经过这里，看到你还在这破楼里混着，周围全是新房子了，我就为你心急。

她说，你知道吗？姐看到人家捞成什么样了，姐也得给你捞着点。

我犹豫的样子，可能让她也有了犹豫。因为她知道我在犹豫什么，她未必不犹豫，否则她不可能这么多年不来看我。我们都怕了，怕触动心里那点宿命般的依恋、安慰及狠狠的痛。这些年我们已经掩埋好它了，还需要去翻吗？你保证我能不翻吗？

她的犹豫并不妨碍她和我争辩。因为她习惯在和我争吵中让自己想定什么，铁下心，然后对我发号施令。

她说，姐这一次算是帮你，帮你过个好日子，就这单一目标，咱们不感情用事，这一回动什么都可以但绝对不能动感情，都是老大不小的了，说出来丢脸，以前咱们那些事早过去了，心里应该没有了，即使哪怕还有一丁点儿，也不会去碰了，你我都是大人了……

我下意识地抚了一下胸口，说，我吃不消。

她伸手过来接着抚，她眼里有致命的怜悯，她说，我知道。

我说，我自己会买房的。

她抚着我的胸口，说，这个可怜的笨弟弟，来我这里的话，心里即使哪天可能会有难受，但总比现在这么没起色好，以后上班和姐朝夕相处，可能又会犯纠结，但你现在这么住着、穷着就不纠结了吗？所以，就算是难受，我们也讲一个比值，讲一个性价比，讲一个特定阶段的主要矛盾。

她注意到餐桌上放着一块小白板，就走过去拿起来，她用手抹掉我同事在上面写着的"版主""板砖""吃客"等字迹，向我这边举起来，她拿笔往白板上画着图标，同时给我演示：

你看，现在的一切，就像树。这是两棵树，树身上都有刻度，这是情感树，这是业绩树。如果控制好，左边这棵控制在这么一点刻度，也就是低度，也就是说，只要我们将情感刻度控制在这里，甚至到这里，最多不能超过这里，那么与这边的业绩获得相比，那就算不了什么难受，尤其是在特定阶段，更是没什么，甚至是理所当然的付出，只要控制在这低度，就是能承受的。

她用笔在白板上打了个大大的五角星，她说，我们是朋友，我们不好说谁好说？你和姐保证，能够把它控制在这个刻度，只要我们有共同的意志，你说对不对？

她修长的手指点着"情感树"上的一条划线，让我保证只能到这里，不能上来。

她双手举起白板，像运动员入场举牌一样，从房间那头向我走过来。她说在生意场上混了那么几年，看那些人那么在捞，姐都快看不下去了，你不能被落下太多，姐不可以不管你。

到夏天的时候，我加盟了她的江流集团股份有限公司，那是一家牛B企业，做房地产，并涉及城市基础设施产业、公共文化产业、能源产业，等等，能搞到各种别人搞不到的项目。因为我在媒体工作多年，已知道这些行业里能量的意义，也知道这能量不可能来自应虹本人，所以，她确实像她自己所说的那样，虽是董事长，但其实是前台。

她在前台，操持爱心事业，操持企业社会形象，操持各种关系的协调。她那种干练、明晰、投入的风格其实从D镇的鞋厂时起就已显超群。这一点我一直佩服。现在每天早晨，我透过公司的落地玻璃门，看着她身穿顶尖名牌套装，从大门口进来，走在落满阳光的褐色大理石地面上，穿过长长的前厅，我有做梦般的迷幻和一丝妒意。

她给我开的年薪是五十万元。我的工作是文案写作，更主要的是她的跟班。她告诉我一年可以拿五十万时，我被别人可怜的感觉超过了受到的惊吓，所以脸上可能并没呈现她想象中的惊喜程度。

她对此有些在意。她说，不算少了。我说，够多了，你这边这样方便吗？

于是她以为我在担心她这边是否合规则，她就马上高兴了。她从那张辽阔的办公桌前站起身，走到我面前，把双手搭在我的肩头，对我说，笨弟弟，给你的这点，在这里是我说了算。

我初入江流集团股份有限公司的那几天，应姐正为城乡接合部芒村的一块土地心烦。

她说，地是块好地，离市中心不远，但这是块"生地"，上面还有一些农家，目前他们不肯搬走。几年前我们拿到这块地时的价钱是两百万一亩，现在同地段价码已经变成了八百万，这块地我们付款时拖了几年，没给付清，眼下村民看房价地价涨成这样了，不肯搬了，要加价。她说，我们得行动了，哪怕强拆，否则拖下去更麻烦。

她指着地图上那片地，她修长纤细的手指与这即将展开的拆迁风暴风马牛不相及。她说这本来不需要她来亲自操办，可是下面的人搞不定，连个思路都没有，所以她要去一次芒村，让我陪着去。

我们到芒村的时候是中午，那块地上有一些农民楼里正冒着炊烟，菜地，狗吠，鸡群，有农家小孩顶着大太阳在水塘里游泳，有农妇给豆架浇水，确实看不出他们要从这块地上走人的迹象。

应姐从小车里下来，打着伞，我们在泥地上走了一小会儿，衣服后背就湿透了。有一位农妇拎着一桶水从远处过来。她以为我们是这村里谁家的亲戚，问我们找谁。

应姐说，来看看这儿。

是来买本鸡的吧。农妇笑道。

哦，是的，你们家有本鸡吗？

农妇说，有，论只卖，一般一只一百块钱左右，看大小。

好吧，带我们去买几只。

于是农妇带我们去她家。她对迎面而遇的一位村民说，他们是来我家买本鸡的。

我发现这村子里没多少人影。她说，年轻人都搬去城里打工了。

应姐问她，不是听说你们都要搬了吗？农妇说，我们家的小孩也都去城里了，我们得守在这里，看着这房子，因为一不留神，房子就会被那些人拆了的。

不是地已经被征了吗？

农妇在家门口捉鸡，一群鸡开始飞跳。她一边跑一边告诉我们，我们要求他们补钱，他们不给就不走。

农妇捉了四只鸡，她在用绳子捆鸡脚。应姐问她，这村主任家在哪里？她"哈哈"笑起来，说，就是我这里，我老公是村主任。

她问应姐有啥事，应姐说想找村委会谈个文化下乡活动，给村民们放电影。农妇已经捆好了鸡，它们在地上扑腾着翅膀，她说，放电影啊？我们是不看电影的，这么热的天谁看电影啊，看电视不就等于看电影。

我掏出四百元给农妇，她摇手说，不对，五百二十块。

我说，不是一百块一只吗？她说，鸡有大小的，两只一百二十块，两只一百四十块。

我想跟她讨价还价，应姐说，算啦，就五百二十吧。

我对农妇说，那我只买两只好了。她有些不高兴地说，这么热的天，抓都抓来了。

应姐说，算了算了。她问农妇讨只纸板箱，好把鸡装起来放在小车后备厢里。农妇从里屋拖了一只印着"金龙鱼"字样的纸箱出来，说，这纸箱收十块钱。

我们没要这纸箱，我和应姐手里各拎着两只鸡往停着车的路口走。快到我们的车子时，应姐把鸡丢在地上，解开它们脚上的绳，把它们轰到了路对面的田地里，她说，奶奶的，什么破鸡！

应姐让总经办的李经理通过区政府里的朋友，约芒村村委会的人谈判。她在离芒村最近的万家大酒店定了一个大包厢，请村委会的人晚上一边吃一边聊。"意向，只是聊聊意向，以积极的态度，解决问题的态度，请你们过来聊聊，我们企业是有诚意的，只要有利于事情解决，可以请你们先提设想，你一定得向他们这样说。"她关照李经理。

那天晚上六点钟，应姐带着我和公司的几个人去了万家。应姐让其他人先上包厢布置酒局，她和我站在酒店门口迎接村委会的人。

她穿着黑色的旗袍款晚装，上缀无数珠片，挽着的头发上，水晶发夹与那些珠片一起发出夺目的光芒。她化着精致的妆容，涂着玫红色口红，在门口的光照下似马上要登台演出的明星，有妩媚的神采，那种郑重其事，确实与她当年在音乐厅开演奏会不相上下。

村主任带着村委会的人过来了。他们看见江流公司董事长亲自等候门前，盛装成这样，一定倍感面子，她身上的光芒也晃亮了这些男人，她仪态万方地带着他们往楼上包厢走时，他们都没了声音。

进了包厢，我发现这是超大的豪包，除了我们公司的那几个人外，包厢里还坐着许多女孩，她们穿着黑色的小衣裙，有长长的假睫毛，画着厚唇型，或倚或靠在沙发上，看着我们进来，水晶灯下，风尘轻扬。

应姐安排他们和她们穿插坐下，她自己坐在村主任旁边。她站起来说，我也是农民的女儿，我小时候也放过牛割过稻，我看着你们就感觉亲切，农民的儿女对土地有共同的感情，芒村土地上的事今天只是个开头，最后无论谈不谈得成，其实关键不是在我们，而是有关部门留下的这些问题，需要我们这些干活的去处理，所以咱们是一样的纠结，所以咱们该成为朋友，小妹先敬各位哥哥一杯。

应姐拎起酒杯，将整杯白酒一口干完，那可是泡茶的玻璃杯。她吐了一下舌头，坐下，伸手拍村主任的大腿，对他耳边嘀咕了一句什么，看着他笑，然后拎起酒杯又站起来，说，这一杯是敬村主任的，我干完，村主任随意。

她一口喝完，接着兀自再喝一大杯，全是白酒。那些原本准备来唇枪舌剑谈判的人，被她的豪放和好看给震晕了。接下来那些黑衣女孩轮番敬酒，她们像一群起舞的细菌，惑媚神秘，贴着低空飞翔。应虹开始讲段子，那些男人的段子由她嘴里讲出来，有古怪的诱惑力，它们在菜肴的热气上旋转，好像转碎了她不可近人的面容，与窗外这个破碎的世界一样，坠下来，让人轻松了。那些显然是来自夜店的女子们，有人坐到了男人的腿上。气氛直线往上HIGH，让人自来熟了，酒意奔放出来，撒点野也没事了。

这当儿，李经理拿着一个个厚信封挨个递给他们。他们推辞。应虹温柔地笑着，在他们耳畔说，这是我个人的心意，这本身是共同的难事，事关维稳哪，咱们办不好，会有另外的人来办，那还不如咱们自己办好。

我坐在他们中间拼命地吃菜，因为应虹讲段子的邪门样子让我浑身不自在，只有吃下去，才会不吐出来。有一个黑衣女子把我也当作了需要服务好的对象，她一屁股坐到了我的腿上，往我嘴里塞一块肉，她说，你喝啊，帅哥你需要喝五杯，他们要我让你喝好。她对着我眨巴着眼睛，说，待会儿出去还要让你玩好，你喜欢我吗？她被人从我身上拉开了，我看见了应姐的脸凑在我的面前，她说，你去我车里再拿两万块钱过来，钱放在座位垫子下面。我站起身，她跟着出来，在包厢门口，她对我说，我快搞定他们了。

　　我走到了电梯口，发现她还跟在我的后面。她脸色酒红，对着我"咯咯咯"笑起来，像一个得意扬扬的女将在送我出门，她说，那些女的是我让李经理从周围发廊里叫来的。她说，吓着你了吧？我看是吓着你了。她突然拥抱了我，说，这事比我想象得顺。她兴奋地亲了一口我的脸。我擦脸颊像擦一个细菌，我推了她一把，说，有病，这是大庭广众。

　　两个星期以后，那块地就搞定了，村民每户补了一万块钱，共补了几十万，村委会的几个人每人悄悄补了八万块，连同应虹酒桌上给的两万块，每人共十万块。

　　她说，这是大便宜，土地升值的上亿元得以实现。

　　她看我目瞪口呆的样子，用手指点着我，说，这还只是经济账，政治账更不好说了。

　　我对应虹说我不想在这里干了，想走了。

　　为什么？她紧抿着嘴唇，估计在想我怎么这么难搞。

　　我说我从字正腔圆的媒体突然到公司，适应不了。

　　她说，那是你傻纯，还像个小孩，公司就是做生意，做生意就是这样的，因为社会就是这样的。

　　我说，也可能确实是这样的，但我受不了你说黄段子，受不了你喝酒，受不了你像个妖女，更受不了你撒谎。

　　我哪里撒谎了？

　　你还没撒谎？你说你是复旦大学的你说你是人民大学的你说你是研究生是高干……

　　她睁着大眼睛看着我，然后"扑哧"笑了起来，她说，这是包装，我才不当回事呢，是他们说需要包装，我才不觉得没读复旦有什么了不起，是他们搞的。

她举着手，在我眼前舞了舞，好像要测一下我是不是真傻掉了，她说，我可从来不对你撒谎，从来没有！你管我对不对别人撒谎。你为什么不管他们对不对我撒谎？她说着脸色红起来，好像急了。

我说正因为是你啊我才受不了，如果不是你我管它什么，你不觉得你这样我会分裂的吗，你不觉得吗？

她看着我，明白了我在说什么。她抱住我的头，哀求我不要对她那么好。她说，笨弟弟，你忘记了吗？你回家去看看那块白板上我画的"两棵树"，你这样子，说明你忘记了，你忘记了，我们还真的不可以再在一起赚钱了。

她泣不成声。李经理推门进来，奇怪地看着我们。他严厉地对我说，这是从来没有的事，哪有新来的员工可以把领导气哭的，如果领导批评你，那是为你好。

我说过，我软弱是因为我窥见过她的软弱。在我最初接触她的日子里，我就是这样。这十几年来彼此的软弱和心碎不知为什么总是欲罢不能。我对着白板上她画的"两棵树"，想着人和人的劫数。我答应她我再适应一下看。当她没对着我哭泣的时候，总是十分犀利，她说，就比如这样吧，那五十万是真的，别的本来就是假的，好不好？

我想挖苦她，我说，那你呢？

她苦笑，也是假的呗。

我说，试试吧。

我试试的结果，是更加崩溃。

因为年底来临，各路朋友像水鸟一样飞来我们城市联络情感，增进情谊，建构人脉，公司门前的马路上外地牌照的车辆穿梭不息。有时候一个晚上有好几场饭局，应虹像走马灯一样穿梭在杯盏交错的应酬中。

我作为她的跟班或者说助手，鞍前马后地张罗。饭局往往由她选定地点。为了方便赶场，她总将它们选定在同一条大街的不同宾馆里。

一晚上哪吃得了那么多饭，所以也有很多时候，她和那些不同的人物相会在同一条大街上的不同酒店的客房里。当他们在楼上相会时，我坐在楼下豪华的大堂吧里等她。水晶灯盏的光华中，有一天我看见服务生看着我暧昧的眼神。我知道关于她的传说是城市坊间的话题。又有一天，一个服务生端来我要的拿铁时，叫出了我的名字，我一看竟是以前化工厂的同事。我说，你怎么在这里？他说，我现在就在这里做。他说，我也没把握是不是你，所以试着叫了一声。他说他看见我出现在这里好多次了。他说他知道我在哪里做，因为谁不认识应虹啊。后来他也暧昧地问我，你们那位女老大是不是和谁都能来？我们这酒店里的人都这么猜。他看我没吱声，就走开去忙自己的了。

由于这样的暧昧暗示，许多个夜晚我坐在不同的大堂吧里如坐针毡，我想象着她和那些人在我头顶的上空玩着暧昧。她川流不息一晚上将暧昧轮番上演这到底是怎么了？我一晚上在四个大堂吧里喝了四杯咖啡奶茶饮料待会儿又将失眠这到底是怎么了？

在我等候的时间里，我的手机还在不停地响，下一拨的家伙在问"应总什么时候过来啊？"我说，不好意思，应总在忙，她正在忙，要八点半左右。我刚放下电话，又有一个粗声音捏着嗓子文雅地问，应总什么时候召见？

妈妈的。我对着那边说，应总在召见别的贵客。

第二天，我对应姐说我要走了，真的适应不了做生意。

她说，我知道，你本质上是读书人，还是忍一下吧。

我说，暧昧就那么好玩吗？

她好像不明白，你说什么？

我说，你一晚上要进四个房间滚四次床单是不是？你就那么贱骨头？

她伸手过来给了我一个耳光。接着她又抚过我的脸颊，她的脸上有风暴吹过。她说他们是很要紧的朋友，都是很铁的那种，都是哥们。

每到这样的时候，就像一出老戏又开始上演，她抿着嘴，脸上有哭丧与严厉交织的神色，她压低声音说，你要走你走吧，反正你和我无关，我本来就和你无关，你管我那么多干什么？

但她又告诉我不是我想的那样，他们尊敬她，他们也都知道大家彼此的存在，他们通过她甚至还成了朋友。她承认自己跟他们有点玩暧昧，但其实这也是交情，如果真的只是想玩一把，现在街上漂亮年轻的风尘女子有的是。他们缠在一起是为了交情，交情会成为秘密，秘密就成了他们这个圈子共同的关系，做点事需要亲密，否则信任不了，和你有了关系，就有了秘密。

她说我不懂这个，她可以原谅。

她说的这个我还真的不懂，想破了脑袋还是不懂，在未来的日子里我可能会懂的，现在不懂。

妈的，要有秘密，就必须暧昧或上床？我说，你这公共汽车，你不脏吗？

她气得发抖，穿着好看的银白色衣裙，像一块蛋糕在颤着。她说，不像你想的那样，只是各有各的活法。

我说，可是我没想这样，我只是一个小人物，没想过发达成怎么样，那样的好，不是我的，我压不住它。

我说，我读书的时候没想到明天会过成这样，我读书的时候想要的明天也不是这样。

她说，难道我读书的时候想要的是这样？

她讥讽，问题是你现在这样，也不是你读书时想要的。

她的办公室门被反锁了，李经理出差去了，所以现在不会有人擅自闯进来。玻璃窗被拉上了百叶帘，阳光从间隙渗进来。

她说，你说你最疼我这么个姐姐，这我知道的，但为什么总是骂我那么难听？

我接不上她的逻辑跳跃，我只想说自己的话，我说：也许我可以这样，像你这样过，但正因为是你，想念了那么多年的你，所以我不可以接受是这样。

我得走了。我说，否则心会破的。我走到房门边，回头看了她一眼说，我在D镇的时候，没想到明天会是这样。

她泣不成声，她走过来拉住我。她说她和我一起走。

她说她明天去和赵家说，把该给她的钱给她，随他给多少，反正都够出国了。

她说她和我一起走。她用手掌挤着我的脸颊，说，求求你了，笑起来，对我笑起来。

　　她说我是她的安慰，不敢碰，是想留着这个安慰。她说只要想着自己还被人这么疼着，就舍不得。

　　她说，那天你坐在芒村那场酒宴上，你知道你有多好看吗？我相信没人会觉得你好看，但我觉得，因为干净腼腆的样子，我觉得好看。我出来亲你一口，也是为了压惊。我知道你生气了，你不知道你走出门去的时候，我对自己有多急。

笨男孩

八、踪影

她在渗透了雨声的虚空中对我笑，脸上似有做梦的神情，她说，急也没用啊，还以为付出就当有回报，但回报从不对等。

我从江流公司辞职了。

而这一次，应姐也真的决定和我一起走了。

只不过她说需要给她一个月的时间，把公司的相关事宜交接好，更主要的是与赵家结算一下属于自己那部分的财产。

她说已经和老赵说过了，自己这个年纪了，这两年拼得太猛，胃一直不好，需要调养，需要慢下来，出去休息休息。他们是同意的。

我配了一把我住所的钥匙给应姐。我说，你理好东西来找我的时候，如果我不在家，你就自己进来。

我没等到应姐的到来。来的是江流公司的李经理，他问我，应总去哪儿了，有两天没来公司了，手机关机。

我吃了一惊，因为前几天我去了北京，我表哥在北京一家网络公司当副总，他帮我在那儿找了个工作岗位，让我去面试。我准备一个月后与应姐一起搬去北京，在那儿准备办出国的事。

我说，我不知道，我刚从北京回来，还没来得及给她打电话，她去了哪里？

我掏出手机打过去，果然关机。我想，妈的，这是她的惯例，她总是以这样的方式离开我的生活。关机，"电话已关机"，"电话已停机"。我想着她的脸，那脸在渐远渐近。我想我怎么她了？她怎么又这么干了？我早就担心她会这么干了，我从北京回来的飞机上就在担心这女人可能会这么干了。

李经理看我真不知道，告诉我大家都在找她，老赵他们都急死了，托人在找，你是她的表弟，告诉你也不要紧，我们犹豫是不是要报警，按理说应该报警，但老赵说最近有人在搞他，会不会是想从她身上打开口子，所以你先别自说自话去报警。

李经理扶了一下眼镜架，把嘴凑到我的耳边，他说，即使真是这样也不要紧，因为本来就没什么问题，那些人是看着老赵和她走得近眼红而已。

我才不管谁眼红谁，我以我自己的方式寻找应姐，因为她总是以这样突然切断联系的方式从我身边消失而去。所以我相信他们都搞错了，应姐是因为改变主意，不想与我纠缠下去而消失了，就像她以往很多次那样。

因为这事，我没去北京。我以我的方式在街边、巷子、商店里寻找她的身影。我跑到了她现在居住的"明月苑"排屋区，她家房门紧闭，露台上她晾晒着的一件黑色外衣还在风中摇晃。

几个星期后，依然没有她的消息。我想起李经理的话，就跑到公安局，想打听有没有人报警寻找一个叫"应虹"的人。那个公安在网上搜了一下，说没有。我放心地回来，想着她确实是改变主意了。

但一个星期之后，一条流言在我们城市流传，说女商人应虹不见了，被人在调查。

接着是关于赵中烈的传言。传言抵达高峰期的一个傍晚，有一辆车来到我楼下，有两个男人来到我家让我跟他们走一趟，说有点事需要配合调查。我被带进了不知是城市哪个方位的一个绿意盎然的小院。一个年近六十的戴眼镜的男子在房间里等我，我吓了一跳，他就是赵中烈。

他问我，你知道应虹去了哪里？

我说，我不知道。他说，你实话对我讲，如果你告诉我了，这对她目前的状况可能会是最好的。

我告诉他我真的不知道。我还告诉他，原本她想跟我一起走的，但她改变主意了，她总是这样改变主意，她每次改变主意时都是玩失踪的。

他看着我，眼神有些发怔，嘴角有一丝笑意，他叹了一口气说，跟你走？唉，如果真的是跟你走了，现在就好喽。

他让我有消息后告诉他，他还让我别对人说我见过他。

我离开那里的时候，不知为什么回头看了一眼，他坐在沙发上，手指正轻弹了一下面前的瓷杯，发出"叮"的一声。

一个星期后，我听到了赵中烈跳楼自杀的消息。这样的消息，像剧情雷同的戏，如今并不少见。

我想着应姐到现在还没有音讯。城市的春天细雨绵绵，我像一只蚂蚁在水地上忙乱地穿行，想打听到确切的声息。掠过大脑的无数胡思乱想像空中的雨线，黏糊潮湿欲罢不能。

而到夜晚的时候，我常会想着应姐此刻正在哪里，脸上是在哭泣还是有笑意，每当她想着我正在惦念她时，她就会心烦意乱，而如今我知道其实她是在以直觉遏制自己。我是她的安慰。她笑着在虚空中用手指点着我，接着突然有想哭的表情。我对虚空中的她笑道，吃苦头了吧，没有什么是不需要还回去的……

我还说，我看你什么事都这么心急，我再叫你急。

她在渗透了雨声的虚空中对我笑，脸上似有做梦的神情，她说，急也没用啊，还以为付出就当有回报，但回报从不对等。

我笑她，即使是你和我，彼此的回报也不对等呀，更何况人与时代什么时候是对等的？

她说你别找我了，你该长大了，都这么多年了你为什么不能成长？

我笑话她，我确实没有成长，但你说又有谁成长了？这时代有那么多变化，总在变化，永远那么赶，就像你，总让我去适应，让我们不断地犯晕，但其实永远是同一个命题，所以没有成长。你说又有谁真的成长了？难道你成长了吗？街上的那些人成长了吗？你一次次来找我，带着伤痛，带着麻烦，带着一次次的自我健忘，你本质上成长了吗？所以我不准备成长了。

那把拖把和扫帚搁在厨房门边上，自她上次来过这里后，我从来没扫过地。

笨男孩

九、抚摸

我冲过去用手拥住她，说，你跑哪儿去了？你怎么不打个电话？我摇动她的肩膀说，你说说说说。

天空放晴的时日，玉兰花、栀子花的香味飘散在充溢着汽车尾气的城市空中。有一天上午我在图书馆看书，看到中午时有些恍惚，窗外的阳光落在书上，那些字在白纸上有些幻化，不知它们组合着什么意思。

　　我起身还了书，回家，打开门，听到了厨房间里的水声。客厅的地砖上，水光粼粼，干净透亮。我以为我爸妈来了。我叫了一声，你们来了？

　　厨房间里没有回应我的声音。我走过去一看。她正回头看着我这边，阳光从窗户斜照进来，落在厨房白色的瓷砖墙上，在她周围衬出了一片明晃晃的光影，应姐。

　　我觉得自己像是从几千米的高处飘飞下来，一下子说不出声了。她瞅着我笑，手里拿着一把正在洗的芹菜。

　　我说，你怎么回来了？我冲过去用手拥住她，说，你跑哪儿去了？你怎么不打个电话？我摇动她的肩膀说，你说说说说。

　　她抿嘴笑，她看着我笑，她的嘴唇上她身上的气息果真是我的应姐。我吻她的脸，摇她，再亲她，好像在确证这是不是虚幻。她抿嘴笑。她手里还是拿着刚才在洗的那把翠绿芹菜。菜上的水珠印在了我的 T 恤上。我的嘴唇没感觉她的热度。她轻推开我，我以为她要说什么，没想到她没说，她把菜放在厨房案板上，她用手抚摸了一下我的鼻子，她抱住我，下巴支在我的肩头。我说，你去哪儿了？她没响。我以为她在哭。她没哭。她伸出手指对我嘴边做了一个"嘘"的动作。我知道了，就像她一样不再言语。我们都抿嘴笑。那些照进来的光影，在天花板上游动。我不停地亲她。亲的时候不用说话。不说话的时候隔在我们中间的那些时光就在过去了。亲吧。

　　她又在洗那把碧绿的芹菜。我注意到她挽起衣袖的手臂上伤痕纵横，我的手穿过台盆龙头直泻下来的水柱抚摸它们。我侧转脸看她瞅着我的深邃眼睛，那眼睛里没有水只有怜悯，然后她又抿嘴而笑。她这么文雅，是我所陌生的。我这生猛的女友，害痛了自己的女人，一路狂奔巧取豪夺又什么都还回去了的女友。我轻轻拧着这曾被人轻视又嘲弄别人的双手，拧着她的悲哀和无言，我告诉她别洗了，够了，够干净了，够好了，够像我们这样的人吃了，够了。

　　她笑起来了，我听到了她的声音。